AF178932

Tucholsky Wagner Zola Scott Sydow Freud Schlegel
Turgenev Wallace Fonatne

Twain Walther von der Vogelweide Fouqué Friedrich II. von Preußen
Weber Freiligrath

Fechner Weiße Rose von Fallersleben Kant Ernst Frey
Fichte Richthofen Frommel

Engels Fielding Hölderlin
Fehrs Faber Flaubert Eichendorff Tacitus Dumas

Feuerbach Maximilian I. von Habsburg Fock Eliasberg Zweig Ebner Eschenbach
Ewald Eliot Vergil

Goethe Elisabeth von Österreich London
Mendelssohn Balzac Shakespeare Dostojewski Ganghofer
Trackl Lichtenberg Rathenau Doyle Gjellerup
Stevenson Hambruch
Mommsen Tolstoi Lenz Droste-Hülshoff
Thoma Hanrieder
Dach von Arnim Hägele Hauff Humboldt
Verne
Reuter Rousseau Hagen Hauptmann Gautier
Karrillon Garschin

Damaschke Defoe Hebbel Baudelaire
Descartes

Wolfram von Eschenbach Hegel Kussmaul Herder
Schopenhauer
Darwin Dickens Rilke George
Bronner Melville Grimm Jerome
Campe Horváth Aristoteles Bebel Proust
Bismarck Vigny Barlach Voltaire Federer Herodot
Gengenbach Heine

Storm Casanova Tersteegen Gilm Grillparzer Georgy
Chamberlain Lessing Langbein Gryphius
Brentano
Strachwitz Claudius Schiller Lafontaine
Kralik Iffland Sokrates
Katharina II. von Rußland Bellamy Schilling
Gerstäcker Raabe Gibbon Tschechow

Löns Hesse Hoffmann Gogol Wilde Vulpius
Luther Heym Hofmannsthal Klee Hölty Morgenstern Gleim
Roth Heyse Klopstock Goedicke
Luxemburg Puschkin Homer Kleist
La Roche Horaz Mörike Musil
Machiavelli
Navarra Aurel Musset Kierkegaard Kraft Kraus
Lamprecht Kind Moltke
Nestroy Marie de France Kirchhoff Hugo

Nietzsche Nansen Laotse Ipsen Liebknecht
Marx Ringelnatz
von Ossietzky Lassalle Gorki Klett Leibniz
May vom Stein Lawrence Irving
Petalozzi
Platon Knigge
Sachs Pückler Michelangelo Kock Kafka
Poe Liebermann Korolenko
de Sade Praetorius Mistral Zetkin

Das Auge Wischnus

Matthias Blank

Impressum

Autor: Matthias Blank
Umschlagkonzept: toepferschumann, Berlin

Verlag: tradition GmbH, Hamburg
ISBN: 978-3-8472-3541-5
Printed in Germany

Text der Originalausgabe

Matthias Blank

Das Auge Wischnus

Roman

Irma stand am Fenster und schob den schweren Vorhang mit der schmalen, weißen Hand etwas zur Seite. Sie schaute auf die stille, menschenleere Straße, in der die Villa Eller in dem alten Park zwischen mächtigen, breitkronigen Bäumen stand. Das kalte Glas kühlte die heiße Stirne, die sie gegen die Fensterscheibe preßte.

Im Dunkel war nicht viel zu erkennen; um so besser ließ es sich träumen. Ihr Blick verlor sich in die Nacht hinaus. Irma Eller träumte gern, träumte um so sehnsüchtiger, seit sie ihr erstes Abenteuer erlebt.

Sie wußte, daß man sie nicht vermißte, daß kein suchender Blick auf sie fallen werde, daß niemand nach ihr verlangte. In der Kaminecke in den bequemen Stühlen saßen Walter Eller, ihr Vater, der alte Geheimrat Hessel, Alice Renoldy und Professor Doncker. Die Herren rauchten Zigarren, und Frau Renoldy blickte den blauen, dünnen Rauchringen einer Zigarette nach.

Irma wußte, wovon sie immer plauderten, von alten Schmuckstücken, seltenen Steinen, von Waffen, indischen und japanischen Bronzen; alle waren leidenschaftliche Sammler, die sich hier in den behaglichen Räumen des gastfreien Hauses öfter zusammenfanden.

Sie hörte einzelne Worte der lebhaft geführten Unterhaltung.

Niemand verlangte nach ihr; weshalb sollte sie sich dann nicht zu Luftschlössern und Träumen flüchten? Als ihre Gedanken zu dem Abenteuer zurückkirrten, huschte ein leichtes Rot über das blasse Gesicht mit der zarten Haut, die in auffallendem Gegensatz zu den schmalen, aber kräftig roten Lippen stand. Sie dachte an den jungen Mann, von dem sie nicht einmal wußte, wer er war. Seinem Aussehen nach konnte er nur ein armer Bursche sein. Aber er hatte sich mutig und entschlossen gezeigt. Wenn er sich nicht so ritterlich benommen hätte, würde sie jetzt nicht in Träume versunken am Fenster stehen können, denn ihr Leben war in Gefahr gewesen in dem Augenblick, da er eingriff.

Mit einem Male schaute sie angestrengt in das Dunkel. Unten auf der Straße hob sich, nur im schattenhaften Umriß, eine Gestalt ab, die nach den hell erleuchteten Fenstern heraufspähte, als suchte sie etwas; eine hohe, schlanke Erscheinung war es, ein Mann, dessen Gesicht nicht zu erkennen war, da es von keinem Lichtschein gestreift wurde. Die gleiche kräftige Gestalt hatte auch er. Oder glaubte sie dies nur, weil ihn eben ihre Gedanken gesucht?

Da trat der Mond aus ziehendem Gewölk, und das fahle Licht streifte das Gesicht des Mannes; sie erkannte die bartlosen, knochigen Züge mit der hohen Stirne und den großen, dunklen Augen. Er war es. Sollte das Zufall sein? Er konnte sie doch nicht suchen, da er nicht wissen konnte, wer sie war. Warum stand er da und blickte zu den Fenstern empor?

Oder sollte er es doch nicht sein? Täuschte sie nur die eigene lebhafte Einbildungskraft? Sie folgte der Gestalt mit den Augen. Da sah sie, wie der junge Mann in der Richtung nach dem alten, nur selten benützten Gartentor davoneilte und im Dunkel verschwand.

Trotzdem nichts mehr zu sehen war, träumte Irma noch lange über diesen seltsamen Zufall. Daran konnte kaum ein Zweifel sein, daß er es gewesen war, dem sie Dank schuldete, oder eine große Aehnlichkeit müßte sie getäuscht haben. Daß er erfahren haben sollte, wer sie war, schien ihr unmöglich.

Unbegreiflich war ihr, wie er in diese Straße gekommen sein konnte, warum er zu den Fenstern emporgeschaut hatte und dann rasch davongeeilt war.

Wenn es doch ein anderer gewesen sein sollte als der, mit dem ihre Gedanken sich jetzt so oft beschäftigten? Auch sie kannte ihn ja nur von Ansehen, wußte nicht, wie er hieß.

Sicher hatte ihr nur die aufgestachelte Einbildungskraft, der sehnende Wille, ihm noch einmal zu begegnen, diese Erscheinung vorgetäuscht.

Ungeduldig ließ Irma den Vorhang wieder fallen und wandte sich langsam der Gesellschaft zu; sie ging durch das dunkelgetäfelte Herrenzimmer, in dem der dicke Bucharateppich ihre Schritte unhörbar machte, und stützte sich mit den Armen auf einen hochlehnigen Stuhl. Leicht vorgebeugt, hörte sie dem Geheimrat zu, der eben erzählte, wie er in Aegypten zu einem seltenen Stück seiner Sammlung gelangt war.

Geheimrat Hessel war ein weißhaariger Greis mit glattrasiertem Gesicht, buschigen, weißen Brauen, aber mit fast jugendlicher Röte auf den Wangen. Seine lebhaften Augen leuchteten; er verstand lebendig und anschaulich zu erzählen; man hörte ihm aufmerksam zu.

Frau Alice Renoldy, die Witwe eines bekannten Gelehrten, lauschte lächelnd seinen Worten; sie wußte, wie gerne der Geheimrat Wahrheit und Dichtung verschmelzen ließ; obwohl vierzig Jahre alt, war sie noch schön, und ihre scharfgeschnittenen Züge machten trotz ihrer Herbheit das Gesicht anziehend.

Professor Doncker, mit seinen fünfunddreißig Jahren unter den vieren der Jüngste, war ein sehr geschätzter Sanskritforscher.

Die kräftigste Erscheinung aber war Walter Eller, der Vater Irmas; sein Gesicht sah sonnverbrannt aus; das Weiß in seinen Augen war gelblich und verriet den vieljährigen Aufenthalt in den Tropen und die Spuren des überstandenen gelben Fiebers. Seine breitschultrige Gestalt schien nur aus Muskeln und Sehnen zu bestehen; die Hände waren derb und knochig. Trotz seiner sechsundfünfzig Jahre fand sich in seinem kastanienbraunen Haar keine graue Strähne.

Flüchtig fiel es Irina auf, daß ihre Mutter – die Stiefmutter, denn ihre wirkliche Mutter war kurz nach ihrer Geburt in Indien gestorben – nicht zugegen war. Sie lauschte den Worten Professor Donckers, der eben die Frage stellte:

»Mußten Sie jenen berühmten Opal, den Sie unter Ihren Schätzen als das Auge Wischnus Katapolchi bezeichnen, nicht ebenso abenteuerlich erringen?«

Walter Eller streifte bedächtig die weiße Zigarrenasche ab; dann erwiderte er: »Gewiß! Die Geschichte habe ich doch schon oft erzählt, wie wir im Kampfe gegen die aufständischen Indier in den alten, halbzerfallenen Wischnutempel in Katapolchi eindrangen, wobei wir uns in dunklen Gewölbegängen gegen die fanatischen Gegner noch erbittert wehren mußten. Die Aufständigen waren Waischnavas, Anhänger Wischnus, die im Tempel ihres Gottes die letzte Zuflucht suchten; von dem mächtigen Bronzestandbild mit den vier ausgereckten Armen dieses Gottes erwarteten sie vielleicht ihre letzte Hilfe. Ich erinnere mich genau, wie der Priester aufgerichtet vor der sitzenden Riesenstatue stand, der er kaum bis zur Mitte des Leibes reichte. Der Brahmane hob die nackten Arme empor und beschwor schreiend Haß und Vernichtung über uns herab. Mit schrillem Geschrei peitschte er die letzten zum Widerstand auf. Der Priester wurde weggeführt, bis zuletzt hörten wir ihn in wilden Ausbrüchen die Rache Wischnus auf uns herabflehen. Den Opal, das eine Auge des Wischnubildes, nahm ich mir als Andenken an Katapolchi mit.«

Das nachdenkliche Schweigen der Zuhörer unterbrach Geheimrat Hessel. »Der Zorn und die Rache des beleidigten Götterbildes schreckten Sie nicht?«

»Nein!« erwiderte Walter Eller. »Die wilden Verwünschungen des wütenden Brahmanen gewannen über mich keine Gewalt, und die Macht der Bronzestatue in dem alten Grabtempel von Katapolchi brauchte ich noch weniger zu fürchten. Daß er mit einem seiner vier Arme nach nur greifen könnte, machte mir keine Sorge. Den Priester brachte man als Aufrührer nach Surabaja; er wird längst in einem der sicheren Gefängnisse gestorben sein.«

Frau Renoldy wandte sich Irmas Vater zu. »Die Geschichte hörte ich schon einmal, den Opal habe ich allerdings noch nicht gesehen. Er soll ungewöhnlich wertvoll sein?«

»Die Leuchtkraft des großen Steines ist überaus selten; der milchigweiße Opal schimmert schon bei der leisesten Drehung in anderen Farben. Er spielt in gelbgrünlichen Lichtern, leicht rosa schimmernden Reflexen und in durchsichtigem Blau wie ein Türkis. In der Mitte des Steines aber, von Natur hineingebettet, ist ein runder Kern von tiefem Grün, als läge in dein Opal noch ein wundervoller Smaragd. Wegen dieser Eigentümlichkeit des Steines, die ihm das Aussehen eines Auges verlieh, war er wohl dazu bestimmt worden, daß man ihn dem Götterbild als Auge einsetzte. Diese Seltenheit gibt ihm auch den eigentlichen Wert.«

»Wie hoch schätzen Sie den Opal?«

»Jeder Sammler würde gerne dreißigtausend Mark dafür geben, vielleicht noch mehr! Mir ist er nicht um das Zehnfache feil! Er bleibt in meiner Sammlung, es müßte schon der vierarmige Gott sein Auge wiederholen.«

»Das wäre allerdings am wenigsten zu fürchten,« sagte Professor Doncker.

Walter Eller lachte. »Sie haben recht. Diebe, die sich selbst an Stahlschränke wagen, könnten dem Opal gefährlicher werden.«

»Ich habe den Stein noch nie gesehen. Dürfte ich dies Kleinod nicht auch einmal bewundern?« Die Neugierde des Sammlers leuchtete bei diesen Worten aus Frau Renoldys Augen.

»Gewiß, gnädige Frau! Nur ein paar Minuten Geduld, ich werde ihn holen.«

Walter Eller erhob sich und ging aus dem Zimmer, um sein Versprechen einzulösen.

*

Frau Hermine Eller horchte nach der Türe hin; ein gequälter, bekümmerter Zug umdüsterte das trotz der weißen Haare immer noch schöne Antlitz; die blauen Augen, die sonst nur gütig und besorgt blickten, waren wie in Furcht geweitet, die schmalen Lippen schmerzlich verzogen. Ihre hohe Gestalt beugte sich lauschend nach einem Geräusch, das sie erschreckte.

Im Licht der matten Deckenbeleuchtung stand ein junger, schlanker Mann mit bartlos knochigem Gesicht, in dem die hohe Stirne mit den starken Knochenwülsten über den dünnen Brauen und den dunklen Augen besonders auffällig war. Die Kleidung dieses nächtlichen Besuchers, dessen Anwesenheit Frau Hermine offenbar verbergen wollte, war abgenützt und ärmlich. Die Arme über der Brust gekreuzt, schaute auch er unsicher nach der Tür.

»Es war nichts!« sagte Frau Hermine aufatmend.

»Du hast übertriebene Angst. Es ist nicht angenehm, mich hier so hereinstehlen zu müssen; aber in deinem Zimmer könntest du so viel Ruhe behalten, um mich anzuhören.«

»Du hast mir schon alles gesagt. Aber ich kann dir nicht helfen; ich kann dir nicht mehr geben; meine Mittel sind erschöpft. Er überläßt mir kein Geld.«

»Er besitzt Millionen.«

»Er gibt mir alles, was ich verlange, er tut es gerne und erfüllt mir jeden Wunsch. Nur eigenes Vermögen habe ich nicht, über das ich nach meinem Willen verfügen könnte.«

»Was du mir gegeben hast, ist wieder nur ein Almosen; damit bin ich immer abgefunden worden, mit Almosen, die man mir zuwarf.«

»Alex, es gab auch eine andere Zeit.«

Bei diesen Worten ließ er die gekreuzten Arme sinken und ballte die Hände. »Ich habe sie nicht vergessen! Aber seitdem sind Jahre vergangen, und ich allein habe büßen müssen. Ich will nicht davon reden. Es liegt alles hinter mir. Aber jetzt brauche ich Hilfe, um aus dem Sumpf zu kommen. Meine erste Bitte um Hilfe konnte ich nur an dich richten.«

»Ich gab dir schon einmal mein Letztes!«

»Wozu dieser Vorwurf! Sage doch, warum du nicht willst. Du glaubst mir nicht!«

»Alex, wie oft habe ich dir geglaubt.«

Bitter klang seine Antwort. »So oft, daß du jetzt in mir nur noch den Betrüger siehst.«

»Sage das nicht! Niemand wird mit mehr Sehnsucht hoffen und dir glauben wollen. Aber ich sagte dir, ich kann über keine solchen Summen verfügen, wie du sie verlangst.«

»So fordere von ihm das Geld.«

»Ich kann nicht. Er würde mich fragen, wozu ich es brauchte. Und – und er ahnt ja nichts – er darf es nicht wissen.«

»Ist das dein letztes Wort?«

»Geduld! Ich will nachdenken, ich werde versuchen, ob ich nicht doch etwas tun kann.«

»Wie lange soll ich warten? Bis dahin versinkt die Hoffnung wieder, die sich jetzt erfüllen könnte.«

»Ich möchte es ja gern tun, aber du wirst nie begreifen können, wie mir die Hände gebunden sind.«

Der verhaltene Groll, den er bisher mühsam zurückgedrängt, brach nun durch. »Er hat sicher in der Laune eines Augenblicks mehr hingeworfen als den Betrag, der mir zur Rettung werden könnte. Ich weiß, daß er kostbare Steine und Bronzen besitzt, der unbedeutendste seiner Schätze konnte mir helfen. So bleibt mir nichts übrig, als selbst den Ausweg zu suchen.«

Ihr Gesicht, das wieder der Türe zugekehrt war, wandte sich ängstlich ihm zu. »Was für einen Ausweg?«

»Aus dem Sumpf. Irgendwie muß mir etwas gelingen; ich darf nicht mehr fragen, ob der Weg gerade geht. Heikel in der Wahl der Mittel darf ich nicht mehr sein.«

»Woran denkst du? Du erschreckst mich durch solche Worte.«

»Ängstige dich nicht! Ich will dir künftig nicht mehr lästig fallen.«

»Ich will dir doch helfen.«

»Mit Almosen! Ja. Es ist schmählich genug, daß ich mich damit begnügen muß.«

»Geduld! Vielleicht ...«

Da machte er mit der Hand eine jäh abwehrende Bewegung, als wolle er etwas durchschneiden. »Vielleicht. Dies Wort hat mich nun oft genug genarrt; ich will darauf keine Hoffnung mehr bauen. Du sollst erlöst sein, wie du es nun diese vier Jahre warst.«

»Aber ich will von dir hören ...«

Wieder unterbrach er sie: »Es könnte leicht etwas sein, was zartbesaitete Ohren erschrickt.«

»Alex, an was denkst du?«

»Beruhige dich. Ich will deine Ruhe nicht mehr stören.«

Frau Hermine seufzte auf. »Du machst mir's so schwer, an das Gute zu glauben. – Horch! Waren das nicht Schritte?«

Mit hastenden Schritten huschte sie zur Türe und lauschte abermals hinaus.

»Nichts. Eine Täuschung. Ich bin nun schon zu lange fort. Man wird mich vermissen.«

»Ich halte dich nicht. Meinen Weg finde ich ebensogut wieder hinaus, wie ich hereingekommen bin.«

»Du wirst mir wieder Nachricht geben? So wie diesmal?«

»Um mich abermals so hereinzustehlen, und um ein Almosen zu betteln?«

»Alex, quäle mich nicht!«

»Gut! Ich will sehen, was mir noch möglich ist zu tun. Vielleicht gelingt mir etwas Außergewöhnliches.«

Diese letzten Worte hatte Frau Hermine nur noch halb gehört, denn sie spähte lauschend durch die leichtgeöffnete Türe in das Dämmer des Korridors. Das Zimmer lag im seitlichen Anbau, der weniger oft aufgesucht wurde.

Dann sagte sie halblaut: »Es ist niemand in der Nähe.«

»Ich finde meinen Weg.«

»Vorne ist die Treppe, links, am Ende des Korridors; sie wird fast nie benützt; du kommst von dort in den Garten.«

»Ich weiß.«

Nochmals wandte sich ihm Frau Hermine zu. »Alex, glaube mir, an meinem Willen liegt es nicht, daß ich dir nichts mehr geben konnte.«

»Ja, ich muß es wohl glauben.«

Sie suchte seine Hand und drückte sie mit einer Zärtlichkeit, die mit einem Male Macht über sie gewann.

Dann huschte sie davon.

Sein Gesicht war noch finsterer geworden; es war, als kämpfte er mit Regungen, die stärker als sein Wille werden konnten. Dann zog er die Schultern hoch und eilte auf den Zehen der Treppe zu.

Er war indes noch nicht weit gekommen, als er erschreckt stehen blieb; er hörte rasche Schritte, die über die Treppe emporkamen, kräftige Schritte eines Mannes.

Sein Gesicht verzerrte sich; er durfte nicht gesehen werden! Er mußte sich zu verbergen suchen. Aber wohin? – Sekunden waren entscheidend. Er wußte, daß hier kein Raum bewohnt war; durch irgend eine Türe konnte er ein Versteck zu gewinnen suchen, bis die Gefahr vorüber war. So griff er nach der nächsten Türklinke, und war gleich darauf verschwunden.

Die Schritte wurden lauter. Dann tauchte die hohe, breitschultrige Gestalt von Walter Eller auf, der von den unteren Räumen zu kommen schien.

Er trat auf die Türe zu, die zu dem Raum führte, in dem Alex eben Zuflucht gesucht; seine breite, muskulöse Hand faßte nach dem Türgriff, öffnete, und Walter Eller verschwand in dem gleichen Zimmer.

*

Zu rasch öffnete sich die Türe wieder, durch die sich eben der Herr des Hauses entfernt hatte, um den Opal zu holen, als daß er schon wieder zurück sein konnte. Aller Blicke wandten sich der Tür zu. Die hagere Gestalt des Geheimrates Hessel erhob sich; auch Professor Doncker stand auf. »Gnädige Frau!«

»Bitte, lassen Sie sich nicht stören.«

Frau Hermine Eller trat ein und ging rasch zu den dreien am Kamin; dann sagte sie: »Begrüßt haben wir uns ja alle schon. An mir liegt es, Verzeihung zu fordern, daß ich meine Gäste verlassen hatte.«

»Ich bin überzeugt, daß es für Sie immer zu tun gibt.«

Ein kurzes Gespräch begann; nur Irma Eller, die noch hinter dem hohen Ledersessel stand, auf den sie ihre Arme stützte, blieb still. Sie richtete sich auf und ließ die Arme sinken. Flüchtig kam ihr wieder der Gedanke, der ihren Sinn kurz vorher schon einmal durchkreuzt hatte: Wo war die Mutter so lange gewesen? Sonst war sie doch immer bei ihren Gästen geblieben.

Aber nicht das allein war es, was Irma, die lieber zuhörte und beobachtete, als sich an Plaudereien beteiligte, mit schärferen Augen zusehen ließ. Sie bemerkte den trüben Ausdruck der Augen ihrer Mutter, das unruhige Flackern in den blauen Augensternen, die sonst immer so ruhig schauten, und beobachtete ein Zucken in den Mundwinkeln. Worüber konnte sie sich geärgert haben? Das sollte sie nicht. Sie liebte Frau Hermine wie ihre wirkliche Mutter, die sie ja nie gekannt hatte. Trotz der Verschlossenheit Irmas, die sich gerne allein mit ihren Träumen beschäftigte und sich in ihrer eigenen Welt heimisch fühlte, empfand sie dieser Frau gegenüber nur Zärtlichkeit. Aber ihre herbe Natur besaß nicht die Fähigkeit, solche Herzensregungen äußerlich zu zeigen. In den drei Jahren jedoch, seit Frau Hermine ihre Mutter war, hatte sie oft in stiller Sehnsucht auf Zärtlichkeiten gewartet. Werben darum konnte sie nicht. Frau Hermine dagegen hatte in der Stille und der Verschlossenheit Irmas nur ablehnende Kälte vermutet, so daß beide über Irrtümer den Weg in die Herzen zueinander noch nie gefunden hatten.

Weil sich Irma mehr nach Wärme und Zärtlichkeit sehnte, obgleich sie ihre Gefühle nicht zu zeigen vermochte, beobachtete sie um so schärfer.

Frau Hermine fragte mit einer Stimme, die nicht die sichere Ruhe wie sonst zeigte: »Wo ist Walter? Hat er seine Gäste auch allein gelassen?«

»Nur für kurze Zeit!« antwortete Frau Renoldy. »Er will mir den seltenen Opal zeigen, um den wir ihn beneiden.«

»Aber der ist doch oben in dem Indischen Zimmer?«

»Das weiß ich nicht.«

»Ich bin ihm auf der Treppe nicht begegnet.«

Da merkte Irma nochmals, wie die Mutter erschrak, wie ihre Augen fremdartig glänzten. Und sie fragte sich, weshalb Frau Hermine darüber so erschreckt sein konnte, daß sie dem Vater auf der Treppe nicht begegnet war.

Da ihr niemand von den Gästen diese Frage beantworten konnte, sagte Irma, näher an den Kamin tretend: »Der Vater kann doch auch über die hintere Treppe gegangen sein.«

»Du hast recht; daran dachte ich nicht. Allerdings ...« Frau Hermine sprach nicht weiter. Wieder trat ein verwirrter Ausdruck in ihre Augen, als sie fragend auf Irma schaute, die beruhigend einwarf: »Von dort aus kommt man durch die Bibliothek doch auch in das Indische Zimmer.«

Frau Hermine streifte mit dem Handrücken über die Stirne, als wolle sie einen lästigen Gedanken fortwischen; dann klang ihre Stimme wieder klar und fest: »Allerdings! Da konnte er mir nicht begegnen. Über die hintere Treppe wird er hinaufgegangen sein. Er wird bald wieder kommen.«

»Er wird doch keine große Stahlkammer umständlich aufsperren müssen, in der er seine Sammlung aufbewahrt?« fragte Professor Doncker in scherzhaftem Tone.

»So ängstlich verwahrt sind seine Schätze nicht.«

Dadurch bekam das Gespräch eine harmlose Wendung. Geheimrat Hessel erzählte eine Geschichte und fesselte damit wie immer seine Zuhörer; auch Professor Doncker beteiligte sich an der Unterhaltung.

Frau Hermine zeigte sich jetzt lebhaft; aber so sehr sie bemüht war, den Gesprächen zu folgen, immer wieder blickte sie mit dem Ausdruck äußerster Spannung zur Türe, als erwartete sie ungeduldig die Rückkehr des Gatten.

Sie war es dann auch, die zuerst sagte: »Walter müßte längst zurück sein. Wenn er nur den Opal bringen wollte, kann er doch nicht so lange fort bleiben.«

»Vielleicht suchte er noch nach einer besonderen Überraschung für uns?«

Wieder gingen Vermutungen hin und her. Aber diesmal war die Unruhe über das lange Fernbleiben auch bei den Gästen zu beobachten. Als Frau Hermine nach einiger Zeit von ihrem Stuhl aufstand, zog der Geheimrat die Uhr und blickte prüfend darauf.

»Merkwürdig lange bleibt er allerdings aus. Von einigen Minuten sprach er, und jetzt ist mehr als eine halbe Stunde vergangen.«

Beunruhigt und mehr zu sich selbst, als zu ihren Gästen, sagte Frau Hermine: »Was mag er so lange suchen?«

Irma beobachtete die Unrast, mit der Frau Hermine nach der Türe blickte; sie begriff die Erregung nicht; sie empfand keine Unsicherheit, weshalb ihr das Gebaren der Mutter um so auffallender erschien.

Plötzlich sagte diese: »Ich werde Frank hinaufschicken.«

Sie drückte auf die elektrische Tischglocke.

Es dauerte nicht lange, bis sich im Herrenzimmer der alte irische Diener Frank Chagall meldete, der mit Walter Eller aus Indien gekommen war. Der Diener blickte erwartungsvoll auf Frau Hermine.

»Gehen Sie nach dem Indischen Zimmer, und sehen Sie dort nach meinem Gatten; sagen Sie ihm, daß wir ihn erwarten.«

Als sich die Türe hinter dem Diener geschlossen, suchte Alice Renoldy die Aufgeregte mit den Worten zu begütigen: »So eilig ist es doch nicht. Vielleicht findet Herr Ellen unser Drängen lästig.«

»Gewiß nicht! Aber er ist doch lange Zeit schon fort.«

»Vielleicht konnte er den Stein nicht gleich finden.«

Vermutungen und harmlose Erklärungen für das längere Fernbleiben fielen.

Darüber verstrichen die nächsten Minuten in bester Laune, so daß fast alle bestürzt aufblickten, als die Türe aufgerissen wurde, unter der die knochige Gestalt Frank Chagalls erschien; seine Augen irrten flackernd umher, als suchten sie Hilfe.

Frau Hermine erhob sich jetzt, ihre Hand umklammerte die Lehne eines Stuhles. »Was bringen Sie? Warum sprechen Sie nicht?«

Auch der Geheimrat, Professor Doncker und Frau Renoldy waren aufgestanden und blickten betroffen auf das verzerrte Gesicht des Dieners.

Irma rief dem alten Mann zu: »Frank! Was haben Sie? Was ist mit Ihnen geschehen?«

Frank Chagall wies mit der Hand nach der Richtung, aus der er eben gekommen.

»Wo ist mein Gatte? Haben Sie ihn nicht gefunden?«

Der Diener fand nun erst Worte: »Doch! Im Indischen Zimmer – auf dem Boden...«

»Auf dem Boden? So sprechen Sie doch!«

Alle standen dicht an der Türe.

Mit den ersten Worten schien die Lähmung von dem Diener gewichen; in überstürzender Hast kam es von seinen bebenden Lippen: »Auf dem Boden, – auf dem Teppich neben dem türkischen Schrank liegt er – tot – ermordet – die indische Lackkassette liegt neben ihm, aber leer – ermordet ist er –«

Durcheinander klangen die Rufe:

»Tot?«

»Ermordet? Wie ist das möglich?«

»Wie konnte das geschehen?«

»Wer soll das getan haben?«

Geheimrat Hessel, Professor Doncker und Frau Renoldy drängten heran.

Da stieß Frau Hermine einen schrillen Schrei aus und brach bewußtlos zusammen; Irma wollte hinzuspringen, wollte sie festhalten, mußte aber die Ohnmächtige auf den Boden sinken lassen, die mit geschlossenen Augen und blutleerem Gesicht selbst einer Toten glich.

*

In der Bibliothek mit den hohen, dunklen Schränken, hinter deren Glastüren wertvolle Bücher reihenweise aufbewahrt standen, saßen in hohen Ledersesseln Professor Doncker und Geheimrat Hessel.

Auf dem alten, schweren, türkischen Teppich ging ein elegant gekleideter Mann langsam hin und her und hörte dabei dem Berichte der beiden Herren zu, die ausführlich schilderten, wie man die Leiche Walter Ellers gefunden habe, und was der grauenvollen Entdeckung vorhergegangen war. Der Geheimrat und der Professor waren zuerst nach dem Indischen Zimmer geeilt und hatten Walter Eller tot gefunden.

Der Mann im grauen Anzug, mit hellen Gamaschen unter den gestreiften Hosen, mit dem rundlichen Gesicht und dem hellblonden Schnurbärtchen war der Kriminalinspektor Wisent, der durch Professor Doncker sofort telephonisch herbeigerufen worden war.

Inspektor Wisent hörte, ohne mit Fragen zu unterbrechen, zu und warf nur dann und wann einen flüchtigen Blick auf die offenstehende Türe, die in das Indische Zimmer führte. Er betrachtete die von Teppichen behangenen Wände, die mit alten Gebetsteppichen aus Hindustan, Kerbela, aus Afghanistan und dem indisch-malaiischen Archipel bedeckt waren. An den Teppichen hingen Waffen der verschiedensten Art, Streitäxte aus Bronze, Köcher mit Perlmuttereinlagen, große Schwerter, seltsam geformte Dolche und blauschimmernde Klingen japanischer Herkunft.

Als Professor Doncker schwieg, rückte der Inspektor für sich einen Stuhl heran, setzte sich beiden Herren gegenüber und begann Fragen zu stellen. »Sie fanden den Toten so, wie er jetzt noch im Zimmer liegt?«

Professor Doncker erwiderte: »Ja. Als wir überzeugt waren, daß keine Hilfe mehr möglich sein konnte, verließen wir das Zimmer sofort; niemand sollte es mehr betreten, um die Aufgabe der Aufklärung dieses Verbrechens zu erleichtern.«

»War außer Ihnen und dem Diener niemand im Zimmer bei dem Toten?«

»Nein.«

»Auch seine Frau nicht?«

»Nein. Sie mußte bewußtlos auf ihr Zimmer gebracht werden.«

»Gewahrten Sie beim Betreten des Zimmers nichts Auffälliges?«

»Nein. Überraschend schien uns nur, daß die Kassette neben dem Toten lag, offen und leer war; in dem kleinen Behälter bewahrte er einen wertvollen Opal auf, der verschwunden und offenbar geraubt ist.«

»Es ist dies der Stein, von dem Sie vorher sprachen, sie nannten ihn das Auge Wischnus?«

»Ja.«

»Anscheinend ist dieser Stein die Beute des Mörders geworden. Wie hoch schätzen Sie diesen ein?«

»Er dürfte für einen Liebhaber solcher Dinge etwa dreißigtausend Mark wert sein.«

»Sonst bemerkten Sie nichts, das zerstört oder geraubt sein könnte?«

»Nein.«

»Wer befand sich um die fragliche Zeit außer Ihnen noch in der Villa?«

»Bei uns war, außer der Frau und der Tochter des Ermordeten, Frau Renoldy; in der Villa sind neben dem alten, irischen Diener Frank Chagall noch eine Köchin, eine Zofe und eine Hausmagd.«

»Daß jemand eingedrungen sein konnte, darüber machten Sie keine Wahrnehmung?«

»Nein.«

»Mehr können Sie mir nicht erklären?«

»Nein.«

»Ich wäre Ihnen dankbar, wenn Sie mir den Diener Frank Chagall schickten; erst möchte ich ihn noch hören, ehe ich da drinnen zu suchen beginne.«

Die beiden Herren verließen die Bibliothek nach dem Korridor zu.

Inspektor Wisent, der nun allein war, trat wieder zu der offenen Türe, an deren Holzbrüstung er sich mit dem hochgehobenen rechten Arm stützte, und schaute so in das Zimmer; er konnte die auf dem Teppich neben einem türkischen Schrank aus Ebenholz mit Perlmuttereinlagen liegende Leiche sehen. Die Arme hatte der Tote weit von sich gestreckt. Neben ihm lag eine kleine, offene Schatulle.

Da hörte der Inspektor hinter sich ein räusperndes Hüsteln. Er wandte sich wieder der Bibliothek zu und sah an der zweiten Türe die dürre Gestalt Frank Chagalls mit den auffallend großen, schwarzen Augen. Der alte Diener stand gebückt da, ließ die Hände schlaff niederhängen und wartete auf eine Frage.

Inspektor Wisent trat langsam auf ihn zu. »Sie haben den Toten zuerst entdeckt?«

»Ja. Die gnädige Frau rief mich und schickte mich hier herauf, den Herrn zu holen. Als ich die Türe öffnete, lag er am Boden.«

»Durch welche Türe betraten Sie das Zimmer?«

»Durch die zweite vom großen Flur.«

»Was taten Sie dann?«

»Zuerst kniete ich neben dein Toten hin, als ich das Blut sah; aber er war schon kalt und starr. Dann sah ich die offene Lackkassette und entdeckte, daß aus dieser der Opal verschwunden war. Da sprang ich auf und lief hinunter.«

»Durch die gleiche Türe?«

»Ja.«

»Sahen Sie jemand?«

»Nein.«

»Hörten Sie kein Geräusch?«

»Nein.«

»Wo waren Sie, als Sie gerufen wurden?«

»In der Diele im Dienerzimmer.«

»Es konnte niemand in die Villa eindringen?«

»Ich hatte das sehen müssen.«

»Ist es nicht möglich, auf einem anderen Wege in die Villa zu gelangen?«

»Nein. Nur vom Garten aus, wenn man die kleine Türe und den Aufgang über die Treppe kennt.«

»Sie konnten nicht sehen, ob ein Fremder in das Haus eingedrungen war?«

»Nein.«

»Sie änderten im Zimmer nichts?«

»Nein.«

»Sahen Sie keine Waffe liegen?«

»Nein.«

»Sie haben keine Vermutung, wer Ihren Herrn getötet haben kann?«

Eine Weile war es still; die buschigen Brauen des Dieners zuckten; er neigte den Kopf seitwärts, beugte sich vor und sagte dann mit flüsternder Stimme: »Wischnu hat sich gerächt.«

Durchbebt von innerem Grauen klang die Antwort, so daß der Inspektor erstaunt aufblickte und verwundert fragte: »Was sagen Sie?«

Doch im gleichen Augenblick erinnerte sich der Inspektor an die Geschichte jenes Opals, von dem ihm die beiden Herren erzählt hatten. Er lachte. Dann sagte er: »Das ist der Opal, den der Tote aus

Indien mitgebracht hatte? Ich weiß. Der Mörder hat damit einen guten Griff gemacht.«

Der alte Diener schreckte zusammen; er hob beide Hände wie abwehrend und flüsterte: »Wischnu hat ihn vernichtet. Ich war dabei, ich hörte den Fluch des Waishnavas.«

Wisent lächelte etwas gönnerhaft. »Es ist gut. Sie mögen daran glauben. Ich aber suche nach einem Menschen von Fleisch und Blut, der auf natürlichem Wege da hinein gelangte und dem der Stein so wertvoll erschien, daß er einen Mord darum auf sich lud.«

*

Inspektor Wisent sann darüber nach, auf welche Weise jemand in das Haus gekommen sein konnte, wenn sich auch darüber vorerst keine Spur finden ließ.

Das Abenteuer, bei dem Walter Eller den Opal an sich gebracht, lag zwei Jahrzehnte zurück; diese Geschichte konnte mit der Tat offenbar nicht zusammenhängen. Der Kriminalbeamte war entschlossen, keinem Phantom nachzujagen, sondern einzig die Spur eines Menschen zu suchen.

Als Frank Chagall auf die Weisung des Beamten sich entfernt hatte, betrat der Inspektor zum ersten Male das Zimmer; langsam ging er auf die starr hingestreckte Leiche zu. Dann begann er den Raum zu prüfen. Eine Türe, durch die der Diener gekommen war, führte auf den großen Flur; zwei offene Fenster mündeten nach zwei Seiten in den Garten. Der Raum lag im ersten Stock der Villa.

Dann kniete Wisent neben dein Toten nieder, um die klaffende Halswunde zu betrachten; fast der ganze Hals war durchschnitten. Der Tod mußte sofort eingetreten sein; der Getroffene hatte offenbar keinen Laut mehr über die Lippen gebracht.

Wisent nahm aus einer Brusttasche eine schmale Lanzette, mit der er die Wunde untersuchte. Er überzeugte sich, daß der Schnitt von rückwärts mit einer sichelartigen Waffe geführt worden sein mußte. Der Überfallene konnte seinen Angreifer gar nicht gesehen haben.

Der Inspektor richtete sich aus seiner knienden Stellung auf; seine Blicke wanderten suchend über die von wertvollen Teppichen behangenen Wände, an denen Waffen aus Indien und China hingen. Nur durch ein sichelartiges Messer, vielleicht mit einem malaiischen Dolch konnte ein so entsetzlicher Schnitt gemacht worden sein. Vielleicht hatte der Mörder die Waffe von der Wand genommen. Nach sorgfältiger Prüfung aller Stücke, die an den Wänden hingen, fiel ihm eine Waffe mit einem kurzen Holzstiel auf, der zu einer fratzenhaften Gestalt zugeschnitzt war; an der sichelförmigen Klinge aus dünnem, festem, bläulich schimmerndem Stahl klebte noch frisches, trockenes Blut.

Er nahm die Waffe von der Wand, die zwischen die anderen Klingen wieder hineingesteckt worden war, und betrachtete sie genau. Seine erste Vermutung erwies sich als richtig. Diese Waffe mußte der Mörder von der Wand genommen und wieder dahin gesteckt haben. Damit gewann die Frage Bedeutung, wie der Täter unbemerkt in die Villa eindringen und wieder entkommen konnte. Rätselhaft blieben die Gründe der Tat. Lag die Absicht zu rauben vor? Wußte der Unbekannte, daß er hier eine Waffe finden würde? War die Tat in allen Einzelheiten berechnet? Oder ließ sich der Täter von zufällig gegebenen Umständen erst hinreißen? Gewiß konnte er vorher nicht wissen, daß er Walter Ellen mit dem wertvollen Opal beschäftigt antreffen würde.

Über die Ursachen zur Tat fehlte augenblicklich jeder triftige Anhaltspunkt.

Am wahrscheinlichsten schien es, daß der Täter in anderer Absicht eingedrungen war und erst durch die Umstände zum Mörder wurde.

Wisent betrachtete die Waffe, während seine Gedanken rasch arbeiteten. Er verhehlte sich nicht, welche Schwierigkeiten es zu lösen galt, zumal die Mordwaffe nicht aus dem Besitz des Täters, sondern des Opfers stammte. Dadurch aber war nicht die mindeste Spur gegeben.

Nachdem er die malaiische Waffe auf ein Tischchen gelegt hatte, trat er an das eine der beiden Fenster; er beugte sich hinaus und schaute hinunter; über die steile Wand, die nirgend einen Halt bot, konnte niemand emporgeklettert sein.

Am zweiten Fenster, das auf der anderen Seite lag, blieb er länger stehen; hier gab es manches zu bedenken. In kaum zwei Meter Entfernung befand sich das flache Glasdach über der Gartenhalle; von diesem Dache aus konnte ein gewandter Mensch in das Zimmer gelangt sein, da ja beide Fensterflügel offen standen. Aber es war auch dies nur eine Möglichkeit, für die vorerst keine Tatsache sprach.

Beim hellen Schein der grell leuchtenden Glühbirnen konnte er das Fenstersims genau absuchen, aber in der Dunkelheit draußen war nichts zu entdecken. Um zu einem Ergebnis zu gelangen, mußten die Nachforschungen bei Tageslicht fortgesetzt werden. Wisent war überzeugt, daß sich hier Spuren finden müßten.

Auf dem Fenstersims waren keine Abdrücke erkennbar, nicht der unbedeutendste Rest von Gartenerde oder die Schürfungen eines Fußes. Er mußte sich bis zum nächsten Morgen gedulden.

Langsam trat Wisent vom Fenster zurück, um im Zimmer selbst die Untersuchung fortzusetzen.

Als er auf dem Teppich am Boden kniete, um Erdspuren zu entdecken, fiel sein Blick unter den türkischen Schrank, unter dem etwas Weißes hervorleuchtete. Es sah wie ein zusammengedrücktes Papier aus. Er griff danach und fühlte sofort, daß in das Papier ein harter, fester Gegenstand gehüllt war. Als er das Papier aufrollte, um nach dein Inhalt zu sehen, bemerkte er, daß die Innenseite mit Schriftzügen bedeckt war; innen aber fand er nur einen Kieselstein, wie er im Garten aufgehoben worden war. Der Stein war offenbar nur deshalb mit Papier umhüllt worden, damit es aus der Tiefe des Gartens durch das Fenster hereingeworfen werden konnte. Wann mochte das geschehen sein?

Konnte der Stein mit dem Papier nicht schon mehrere Tage unter dem Tischchen gelegen sein? Stand dieser Fund mit dem Verbrechen in irgendwelchem Zusammenhang? Der Stein mit den Schriftzeichen auf dem Papier war offenbar zum Fenster hereingeworfen worden und unter den Schrank gerollt. Der Inhalt des Schriftstückes mußte darüber Aufschluß geben.

Wisent strich das Papier glatt und betrachtete die mit spitzer Feder sehr sorgfältig geschriebenen Buchstaben; aber wenn auch

Buchstabe für Buchstabe deutlich zu lesen war, so gab doch das Ganze keinen Sinn. Vokale in großer Zahl fanden sich willkürlich, schier endlos aneinandergereiht; nur selten standen Konsonanten dazwischen. In einer höchst, wunderlichen Geheimschrift war hier etwas aufgezeichnet worden. Woher kam diese Schrift, und für wen war sie bestimmt gewesen?

Stand sie im Zusammenhang mit der Tat oder nicht?

Wisent legte den Zettel neben die Waffe. Er stand vor Rätseln.

Die Aufgabe, die es hier zu lösen galt, gehörte zu den schwierigsten, die bisher von ihm gefordert wurden.

Da rief von der Türe aus der Bibliothek her Professor Doncker: »Herr Inspektor, der Polizeiarzt ist gekommen, zwei Schutzleute und Träger der Friedhofverwaltung. Sie warten auf Ihre Anordnungen.«

»Ich komme.«

Und der Kriminalbeamte folgte ihm.

*

Frau Hermine Eller lag in ihrem Zimmer auf einem Ruhebett. Ihr Ellbogen stützte sich auf ein mit Seide überzogenes Kissen. Der schmale Kopf mit dem weißen, reichen Haar und den blauen, sanften Augen ruhte auf der weißen Hand. Die dünnen, roten Lippen waren dicht geschlossen. Sie blickte durch das offene Fenster, durch die das Sonnenlicht des neuen Morgens hereinflutete. Ihr Antlitz sah fahl und abgespannt aus; unter den Augen lagen dunkle Schatten.

Auf einem Tischchen standen Erfrischungen, die für die immer noch Geschwächte bestimmt waren.

Fast eine Stunde war sie in Ohnmacht gelegen, aus der sie mit einem tiefen Seufzer erwacht war. Verwirrt um sich blickend, war ihre erste Frage:»Wo ist er?«

Irma Eller und Frau Renoldy konnten auf ihre angstbeklommene Frage nicht antworten. Sie verlangte offenbar nach ihrem Gatten! Sollten und durften sie es wiederholen, daß er nicht mehr lebte?

Ehe sie noch etwas sagen konnten, strich sich Frau Hermine über die Stirne und murmelte: »Was ist mit mir geschehen?«

Kraftlos sank sie wieder zurück.

Die ganze Nacht hindurch hatte sie nicht mehr geschlafen; nur mit glänzenden Augen hörte sie noch zu, was von dem Toten erzählt wurde. Aber sie hatte nicht mehr gefragt.

Nun war der Morgen gekommen, und Frau Hermine lauschte, denn ihr war es, als hörte sie aus dem Garten Stimmen und Schritte.

Auf den Zehen war Irma in das Zimmer geschlichen; in einem losen Hauskleid, das rötlichblonde Haar helmartig aufgesteckt, stand sie an der Türe und blickte nach ihrer Stiefmutter, die immer noch nach dem Fenster schaute. Als sie sich noch mehr aufrichtete und anscheinend aufstehen wollte, wobei sie mit beiden Händen hastig die seidene Steppdecke zurückschob, rief Irma: »Willst du etwas? Kann ich dir helfen?« Sie eilte auf die Mutter zu.

Doch wieder machte sie die gleiche Beobachtung, wie leicht Frau Hermine bei jedem Wort erschreckte; sie fuhr zusammen und preßte die Hand gegen das Herz: »Irma, du?«

»Habe ich dich erschreckt?«

»Nein, nein, Kind. Ich bin nur matt und elend.«

»Arme Mutter!«

»Es wird vorübergehen.«

»Wie aber mußt du Väterchen geliebt haben, daß dir sein Tod so nahe geht. Du darfst nicht glauben, daß ich ihn vielleicht weniger liebte; ich weinte die ganze Nacht. Ich möchte dich trösten.«

»Irma, du? Kind, du hast noch mehr verloren als ich.«

Die roten, dunklen Lippen Irmas zuckten; sie kämpfte gegen die Tränen. Aber sie durfte jetzt nicht weinen; sie würde ja nur das Leiden Frau Hermines noch schwerer machen. Wenn Irma in diesem Augenblick auch für sich selbst keinen Trost fand, da sie den Vater wie nur je ein Kind geliebt, so wollte sie das doch nicht verraten, um ihrer Mutter den Schmerz zu erleichtern.

Sie zwang sich zu einem ruhigen Ton: »Nicht mehr als du, Mutter. Aber wenn du Väterchen auch noch so sehr lieb gehabt hast, du darfst deshalb doch nicht verzweifeln.«

Als Irma bei diesen Worten in das Gesicht der Mutter blickte, da schien es ihr, als verzerrte die Lippen ein gequältes Zucken. Dann hob Frau Hermine wieder den Kopf, beugte sich lauschend nach der Richtung zum Fenster hin, griff mit einem Male hastig nach dem Arme Irmas und fragte erregt: »Wer ist dort unten im Garten?«

»Du weißt doch, was mit Väterchen geschehen ist.«

»Ja, ja! Ich weiß alles! – Aber was geht jetzt im Garten vor?«

Hastend und noch drängender als zuvor klang die Frage.

»Die Polizei sucht nach den Spuren des Mörders.«

Da wurde der Griff der Hand noch stärker. »Haben sie etwas gefunden?«

»Ich – ich weiß es nicht.«

»Du mußt mir alles sagen, hörst du, alles. Was ist in der Nacht noch geschehen? Hat man jemand entdeckt?«

»Nein, niemand. Es konnte doch kein Mensch im Hause gewesen sein.«

»Nichts – gar nichts haben sie gefunden?«

»Nein, in der Nacht fand sich keine Spur.«

»So ahnen sie nicht, wer im Hause gewesen sein mag?«

Nie hatte Irma einen so angstvoll lauernden Blick, solch qualvolle Unrast gesehen, die sie nicht zu begreifen vermochte. Flüchtig tauchte die Erinnerung daran auf, daß sie einen ähnlich erregten Blick am Abend vorher beobachtet hatte, als die Mutter in das Zimmer gekommen war und nach dem Vater gefragt hatte.

»Was sollen sie denn wissen?«

Mit fragendem Ernst schaute Irma die Mutter an, die dies Forschen zu fühlen schien; verwirrt gab sie den Arm Irinas frei und strich sich mit beiden Händen über das weiße Haar.

»Ich rede töricht, nicht wahr? Aber ich bin so erregt. Du weißt gewiß, daß man umsonst gesucht und gefragt hat?«

»Ja, die Waffe ist gefunden worden, der Mörder nahm sie von der Wand. Der Beamte meint, der Mörder müsse vom Garten ins Haus gekommen sein.«

»Deshalb sind sie nun wieder dort unten?«

»Sie suchen nach Spuren.«

Da antwortete Frau Hermine halblaut, fast wie in unfreiwilligem Selbstgespräch: »Was können sie dort entdecken? Ein Schritt ist wie der andere – wie Tausende –«

»Mutter!«

Bei dem erschreckt ausgestoßenen Ruf wich Irma unwillkürlich zurück; die leisen Worte hatten beinahe geklungen, als wünschte sie nicht, daß die Spur des Mörders entdeckt werde. Und damit verstand Irma plötzlich die anderen Fragen und jenen seltsamen Blick, der für jemand zu zittern schien, aber nicht dem toten Vater galt. So überwältigend war diese Empfindung über sie gekommen, daß sie nur den einen Ruf ausstieß.

Sofort beugte sich Frau Hermine zu Irma und entgegnete hastig: »Ich denke mir, es wird zu spät sein.«

»Aber den Mörder müssen sie doch entdecken. Er darf die grauenvolle, entsetzliche Tat doch nicht begangen haben, ohne zu sühnen.«

Da hob sich die Brust mit einem tiefen Aufatmen. Dann sagte Frau Hermine, wie aus dumpfem Brüten erwachend: »Gewiß! Das muß geschehen. Aber zu spät wird es sein, zu spät, du hast ja selber gesagt, daß der Beamte nichts finden konnte.«

»Ungesühnt darf solche Tat nicht bleiben. Sonst könnte ich an keine Gerechtigkeit mehr glauben.«

»Ja – du sagst es! Aber doch – wenn es doch sein könnte, daß sie gar nichts finden?«

»Nein – nein! Ich kann mir nicht ausdenken, daß Väterchen so elend gestorben sein soll – und der Mörder sollte ungestraft die Sonne schauen können.«

»Geh, Irma, du kannst es hören, dir werden sie es sagen, wenn sie doch etwas entdecken. Natürlich muß es sein! Nur das fürchte ich – ja, das allein, daß es schon zu spät sein möchte. Aber du wirst es ja erfahren, und dann – kommst du zu mir.«

»Ich glaube an einen Gott, Mutter, und der sieht nicht zu, ohne solch ein Verbrechen zu strafen.«

Leise wiederholte Frau Hermine: »Der sieht nicht zu –« Dann etwas lauter: »Du mußt nur alles – alles sagen.«

Irma nickte.

Als das junge Mädchen aus dem Zimmer gegangen war, blickte Frau Hermine noch lange zur Türe hin, als wartete sie darauf, ob sie sich nicht wieder öffnen werde, als wollte sie lauschen, ob sie nun auch ganz allein sei.

Und dann, als sie wußte, daß niemand sie sehen und hören konnte, da preßte sie beide Hände gegen das hämmernde, rastlos pochende Herz. »Nein – nein – es darf nicht sein – sie dürfen ihn nicht finden – und wenn er noch so tief gesunken ist, wenn er sich selbst und alles vergaß, ich muß ihn lieben, ich muß zu ihm stehen, ich kann nicht anders –«

Verzweifelnd aufschluchzend grub sie ihr Gesicht in das Kissen, und der Körper erzitterte wie vom Fieber gerüttelt.

*

Irma Eller ging mit raschen Schritten über den großen, freien Platz, der in den Stadtpark führte. Der matte Ton ihrer zarten Haut erschien im Gegensatz zu dem schwarzen Trauerkleid, das sie trug, noch bleicher. Nirgends schien der Blick ihrer blaugrünen Augen zu haften. Den Kopf leicht gesenkt haltend, offenbar in trüben Gedanken grübelnd, eilte sie dahin, ohne die Leute zu beachten, die ihren Weg kreuzten. Sie kam von der Leichenschauhalle des Hauptfriedhofes, in dein die Leiche ihres Vaters aufgebahrt lag, an der noch diesen Nachmittag die gerichtliche Sektion vorgenommen werden sollte. Zum letzten Male hatte sie ihren Vater gesehen und hatte sich nur deshalb zu diesem Schritt entschlossen, weil der alte Diener ihr gesagt hatte, daß auf dem Gesicht des Aufgebahrten keine Spur zu gewahren sei, daß er gewaltsam aus dem Leben scheiden mußte.

Die gräßliche Halswunde war nicht zu sehen gewesen; man hatte sie geschickt zu verbergen gewußt. Und doch war Irma befremdet vor der Leiche gestanden; innerlich noch zu verwirrt und ergriffen von der grauenvollen Art seines Todes, fühlte sie sich bei seinem Anblick nur noch mehr verwirrt durch die Vorstellung, daß der kraftvolle Mann offenbar ahnungslos hingemordet worden war. Und mit erneuter Gewalt befielen sie verworrene Gedanken über die unfaßliche Tat. Niemand ahnte, wer der Mörder gewesen sein konnte. Irma wehrte sich beharrlich gegen den Gedanken, daß man dem Vater dies Schicksal bereitet habe, um ihm den kostbaren Opal zu entreißen. Immer wieder dachte sie dann an ihre Mutter, an Frau Hermine. Sie vergegenwärtigte sich die seltsamen Fragen, die sie gestellt, die auffällige Erregung, die sie nicht verbergen konnte. Die Hast, mit der sie in fast krankhafter Furcht nach den Ergebnissen der polizeilichen Nachforschungen gefragt hatte, ließ Irma nicht zur Ruhe kommen. Aber sie fand dafür keine Erklärung. Vielleicht fehlte der immer noch Leidenden selbst das Bewußtsein für ihre verwirrenden Reden? Denn geliebt hatte sie den Vater! Trotzdem Irma in Frau Hermine die Stiefmutter sah, das hatte sie immer gefühlt, daß diese den Vater nicht nur geachtet, sondern auch mit tiefer Hingabe geliebt. Deshalb fand sie für das seltsame Gebaren von Frau Hermine keine andere Erklärung als die Verzweiflung über das jähe, gräßliche Ende des Vaters.

Und darüber empfand sie tiefes Mitleid.

Irma eilte achtlos am Goldfischteich vorbei, vor dem sie sonst so gerne stehen blieb, um dem munteren Spiel der Fische zuzuschauen. Plötzlich fühlte sie sich beobachtet, es schien ihr, als wollte jemand sie grüßen, und flüchtig blickte sie auf.

An einer Bank stand ein schlanker, ärmlich gekleideter, junger Mann, der den Hut mit einem verlegenen Gruß in der Hand hielt; sein bartloses Gesicht war leicht gerötet; er schien unsicher zu sein, ob er den Gruß wagen durfte.

Irma erkannte ihn sofort; sie ging mit einem frohen Aufleuchten in den Augen auf ihn zu und streckte ihm sogar ihre Hand zum Gruß entgegen, die er zögernd annahm.

»Ich freue mich, Ihnen doch noch einmal zu begegnen. Ich benahm mich damals sehr ungeschickt, als ich davonlief, ohne ein

Wort des Dankes zu finden. Jetzt will ich es nachholen. Herzlichen Dank, denn es war doch mein Leben, das damals bedroht war.«

»So schlimm war es nicht, gnädiges Fräulein.«

»Das sagen Sie jetzt. Ich weiß es genau; als ich zu Hause ruhiger nachdenken konnte, da kam mir erst alles zum Bewußtsein. Die Pferde des durchgehenden Wagens hatten mich ja schon umgestoßen; ich hörte nur Schreie, und in der nächsten Sekunde wären die Räder über mich weggegangen, wenn Sie den Pferden nicht entgegengesprungen wären, um sie zurückzureißen. So war es! Nur Ihrer Entschlossenheit hatte ich es zu danken, daß ich emporkam und gerettet wurde. Sie selbst aber wurden von den Pferden geschleift. In meiner Torheit lief ich dann davon, statt Ihnen zu danken. Was müssen Sie von mir gedacht haben!«

»Nichts Schlimmes, gnädiges Fräulein.«

»Sie hätten aber ein Recht dazu gehabt. Dafür will ich heute alles nachholen, denn Ihr Leben war dabei selbst bedroht, als Sie sich den Pferden entgegenwarfen.«

»Mein Leben? Es wäre nicht viel dabei verloren gegangen.« Er lachte bitter.

»So sollen Sie nicht sprechen. Ich schämte mich vor mir selbst, daß ich mich so kindisch benahm.«

»Sie müssen nicht so viel davon reden.«

»Ich habe zu viel darüber nachgedacht, was geschehen wäre, wenn Sie in diesem Augenblick nicht so selbstlos gehandelt hatten.«

»Ein anderer hätte das auch getan.«

»Nein! Sie sollen sich nicht selbst gering achten.« Sie schien sich plötzlich zu besinnen, blickte rasch auf und sagte: »Wollen Sie mich nicht begleiten, ein Stück des Weges mit mir gehen? Ich möchte von Ihnen noch viel hören.«

»Sie werden sich meiner schämen müssen.«

»Warum sind Sie so verbittert? Kommen Sie nur mit, Sie sollen nicht glauben, ich wäre undankbar.«

Dann schritt er neben ihr weiter; Irma ging langsamer.

»Sie tragen Trauer?« fragte er, als sie nach der großen Sternstraße einbogen.

»Mein Vater ist tot.«

»Das ist schlimm. Glauben Sie mir, daß ich weiß, was das sagen will.«

»Ich glaube Ihnen. Ich höre aus Ihren Worten, daß auch Sie keinen Vater mehr haben.«

»Nein!«

»Dann verstehen Sie, was ich verloren habe. Aber wir wollen nicht von mir sprechen. Ich möchte zu gerne von Ihnen hören, weil ich mich in Ihrer Schuld fühle.«

»Dazu liegt kein Anlaß vor.«

»Dann müßte ich mein Leben gering und wertlos einschätzen. Nein. Ich siehe in Ihrer Schuld, aber ich weiß nicht, wie ich sie abtragen kann.«

»Das haben Sie schon getan, weil Sie mit mir sprechen, als gehörte ich zu Ihnen.«

»Das ist auch so. Ich möchte – aber Sie dürfen nicht böse sein und mir nicht zürnen, wenn ich wieder eine Ungeschicklichkeit begehe.«

»Nein. Sprechen Sie nur.«

»Ich muß wirklich vergelten, nur in Worten darf mein Dank nicht liegen. Ich möchte es zeigen, aber« – jähe Röte überzog ihre bleichen Wangen – »wenn ich mit Geld helfen möchte –«

»Nein – das dürfen Sie nicht.«

»Still! Nicht zürnen! Verzeihen Sie, ich bin ungeschickt. Aber tun möchte ich doch irgend etwas, damit Sie erkennen, wie dankbar ich Ihnen bin.«

»Mehr können Sie nicht tun. Sie reden gut zu mir – und wenn Sie wirklich Gutes an mir tun wollen, dann können Sie es schon ...«

»Was soll ich tun?«

»Sehen Sie mich wie einen guten Freund an, erlauben Sie, daß ich Sie wieder grüßen darf wie heute, wenn ich Ihnen wieder begegne, daß ich mit Ihnen plaudern darf, das können Sie mir erlauben.«

»Damit bin ich nicht zufrieden. Ich will nicht wieder auf den Zufall warten. Heute ist die Zeit zu kurz, und ich möchte einmal noch viel mehr von Ihnen hören. Um Ihnen meine wirkliche Freundschaft zu zeigen, will ich, daß Sie mir einen Tag, eine Stunde und einen Ort angeben, an dein ich Sie wieder sehe.«

»Ich darf es aber nicht annehmen.«

»Warum nicht?« Nach kurzem Schweigen erwiderte er: »Es ist besser, Sie hören es gleich. Ich bin ein armer Musiker, einer von den elendesten. Ich bin einer von denen, die im Leben Schiffbruch gelitten haben.«

»Das sind Arme, denen man Teilnahme nicht versagen darf.«

»Ich trug selbst alle Schuld. Ich war leichtsinnig, ich bin aus eigener Schuld schlecht geworden.«

Als er dies mit erregt zitternder Stimme gestand, blickte sie ihn erstaunt an. Dann sagte sie ruhig: »Das ist nicht schlimm, wenn man den Mut zum Geständnis hat, zeigt man auch den Willen zum Besseren. Ich will Sie wieder sehen und von Ihnen hören, daß Sie nicht mehr so mutlos sind.«

»So schreckt Sie mein Elend nicht?«

»Nein.«

»Ich habe meine Eltern enttäuscht und betrogen.«

»Haben Sie das mit dem Elend, in dem Sie nun leben, nicht gebüßt?«

»Doch!«

»So hat sich an Ihnen selbst gerächt, was Sie einmal getan haben. Aber den Glauben können Sie mir deshalb nicht nehmen, auch nicht das Gefühl meiner Verpflichtung zur Dankbarkeit. Viele Schiffbrüchige sind wieder an einem sicheren Ufer gelandet, auch für Sie muß es Rettung geben. Sie dürfen nur den Willen dazu nicht verlieren.«

»So schämen Sie sich auch jetzt nach meinem Bekenntnis nicht, neben mir zu gehen?«

»Ich glaube daran, daß Sie ein anderer sein werden, wenn ich Ihnen wieder begegne. Wann kann es sein?«

»Sie bleiben dabei?«

»Ja.«

»Sie selbst sollen bestimmen. Ich komme, wann Sie mich rufen.«

»Wohin soll ich Ihnen Nachricht geben?«

»Alex Röder heiße ich; in der Musikerbörse in der Hafengasse schlafe ich. Erschreckt Sie das nicht?«

»Ich schreibe Ihnen und vertraue darauf, daß Sie kommen werden und mir Besseres zu erzählen wissen.«

»Sie haben mir mehr als das Leben gerettet ...«

»Auf Wiedersehen und Mut!«

Sie gab ihm mit der gleichen Unbefangenheit ihre Hand wie beim Begegnen; ihr war er trotz seiner Geständnisse der geblieben, der ihr Leben gerettet, in dessen Schuld sie stand, dem sie zu vergelten hatte.

Er nahm die Hand. Aber er wagte nicht zu fragen, trotzdem eine Frage auf seinen Lippen brannte.

Irma Eller erwiderte den scheuen Druck seiner Hand und sagte: »Ich werde nicht vergessen zu schreiben.«

Als sie weiter ging, stand Alex Röder lange noch unter einem Baum und folgte mit den Augen der entschwindenden Gestalt. Leise murmelte er vor sich hin: »So beginnen Märchen, und so klingt auch, was sie sagte: Viele Schiffbrüchige sind wieder an einem sicheren Ufer gelandet. Schön ist solche Hoffnung, aber für Tausende kommt sie zu spät – und zu denen gehöre ich – nur ein Traum – ich habe kein Recht mehr, irgend ein Glück zu erhoffen. Alles ist durch meine Schuld verloren.«

Heller Sonnenschein fiel durch die hohen Fenster zwischen den hellgelben Leinenvorhängen; längliche Lichtstreifen glitten über den braunen Linoleumboden; einige Strahlen trafen den großen, dunkelgebeizten Schreibtisch, streiften eben über ein paar blaugeheftete Aktenbündel und spiegelten sich auf dem sichelartigen Messer mit der bläulichschimmernden Stahlklinge und dem eigenartig geschnitzten Holzgriff. Neben dieser Waffe lag ein Stein und das Papier mit der spitzen, steilen, rätselhaften Schrift.

Vor dem Schreibtisch saß der junge Staatsanwalt Doktor Frank Henning, der mit der rechten Hand mit einem Brieföffner spielte, während er dem Berichte des Inspektors Wisent zuhörte, der dem Schreibtische gegenübersaß.

Frank Henning war ein noch junger Beamter mit frischem, jugendlichem Gesicht; der blonde Schnurrbart war kurz zugeschnitten, die schwarzen Augen leuchteten dunkel unter helleren Brauen; wenn er den Kopf bewegte, schimmerte das kurzgehaltene blonde Haupthaar golden in der Sonne.

Kriminalinspektor Wisent beendete seinen Bericht mit den Worten: »Die gerichtliche Leichenöffnung brachte keine Ueberraschung mehr; es bestätigte sich, daß der Tod durch einen Schnitt durch die Luftröhre mit einem sichelförmigen Messer, offenbar dem vorgelegten, eingetreten war. Andere Verletzungen wurden nicht festgestellt.«

Wisent schwieg und blickte den Staatsanwalt erwartungsvoll an.

Doktor Henning legte den Brieföffner auf die Schreibtischplatte, lehnte sich leicht im Stuhl zurück und sagte: »Ich danke Ihnen für Ihre ausführlichen Aufklärungen; ich habe Ihren Bericht genau studiert. Was an allem das meiste Interesse wachruft, sind jene Einzelheiten, die zur Entdeckung des Mörders führen sollen. Bis jetzt fand sich keine Spur?«

»Nein. Da der Täter anscheinend nur durch den Garten den Weg genommen haben konnte, so war in der Nacht auch nichts zu finden.«

»Und heute? Glauben Sie, daß man weitere Spuren finden wird?«

»Ich kann das noch nicht behaupten; die Fußspuren hoben sich zu undeutlich ab und prägten sich am schärfsten nur unter dem Fenster aus, durch das anscheinend der vorgefundene Stein mit dem Papier hereingeworfen wurde.«

»Die rückwärtige Gartentüre war entgegen den Behauptungen des alten Dieners unversperrt. Ist das richtig?«

»Ja. Er blieb bei seiner Aussage, daß er die Türe wie an jedem Abend um sieben Uhr verschlossen habe. Im Garten ließen sich flüchtige, kaum zu unterscheidende Fußspuren bis zur Türe beobachten.«

Da hob der Staatsanwalt den Kopf. »Steht zweifellos fest, daß diese Spuren am Garteneingang und die unter dem Fenster die gleichen sind?«

»Die Größe scheint zu stimmen. Aber der Nachweis ist kaum zu erbringen.«

»Es können also die Spuren von zweien sein, die miteinander vielleicht gar nichts gemeinsam hatten?«

»Das ist möglich. An der rückwärtigen Gartentüre war nichts von einem gewaltsamen Aufbrechen oder der Anwendung eines Sperrhakens bemerkbar. Es bleiben für diesen Fall nur zwei Möglichkeiten: der Eingedrungene muß entweder einen Schlüssel besessen haben, oder eine zweite Person mußte ihm von innen geöffnet und damit sein Eindringen vorbereitet haben.«

»Halten Sie es für möglich, daß der Unbekannte in der Villa Unterstützung fand und eingelassen wurde?«

»Irgend ein Anhaltspunkt dafür ergab sich bisher nicht.«

»Sollte ihm Walter Eller selbst geöffnet haben?«

»Herr Eller befand sich vor der Tat unter seinen Gästen und ging nur einer Anregung folgend auf jenes Zimmer.«

»Wenn nun der Fremde den Schlüssel besaß und ihm die Örtlichkeiten in der Villa genau bekannt waren, dann dürfte man ihn im Bekanntenkreise des Hauses suchen.«

»Gewiß.«

»Glauben Sie, daß in dieser Richtung eine Möglichkeit zur Klärung geboten ist?«

»Vorerst ist alles noch zu unsicher.«

Doktor Henning fragte weiter: »Scheint es Ihnen möglich, daran zu denken, daß der Unbekannte mit dem Vorsatz gekommen war, zu töten? Die Waffe mußte doch erst von der Wand genommen werden.«

»Daß er die Waffe von der Wand nahm, spricht dagegen.«

»Man könnte trotzdem annehmen, daß der Täter eine Waffe mit sich führte, dann aber die Gelegenheit für besser hielt, eine geeignetere zu wählen.«

»Wie immer in so verwickelten Fällen hat zunächst jede Voraussetzung eine Möglichkeit für sich. Wir tappen noch völlig im Dunkel.«

»Wie steht es mit der rätselhaften Mitteilung?«

»Die Zeichen auf dem Papier sind wohl einzeln zu entziffern, doch fand ich bisher keine Lösung für den darin verborgenen Inhalt. Fehlt doch auch dafür jeder Anhalt, ob dieser Stein erst in der gleichen Nacht in das Zimmer geworfen wurde, oder ob er schon früher unter dem Schrank gelegen war. Außerdem müßte erst noch erwiesen werden, ob diese Schrift in irgend einer Verbindung mit dem Verbrechen steht. Augenblicklich bestehen auch darüber nur bloße Vermutungen.«

»Aufschluß darüber konnte allerdings die Lösung dieser Geheimschrift bringen.«

»Deshalb muß alles versucht werden, den Schlüssel dafür zu finden.«

»Ja. Und wir haben Grund genug, einen Erfolg zu erhoffen. Liegt augenblicklich irgend ein Ergebnis oder ein Verdacht vor?«

»Nein.«

»Glauben Sie, daß Walter Eller nur um des Steines willen ermordet wurde?«

»Sicher. Es ist ja nichts als dieser Opal verschwunden, und sein Wert ist groß genug, um das Verbrechen begreiflich zu machen.«

»Aber der Mörder konnte vorher doch nicht wissen, daß er den Opal bekommen werde.«

»Das ist es. Deshalb kann auch noch nicht ohne weiteres behauptet werden, daß von Anfang an die Absicht zu morden bestand.«

Nun antwortete der Staatsanwalt etwas ungeduldig, da sich in diesem Fall nur die Fragen häuften: »So wissen wir bis jetzt gar nichts?«

»Sicher scheint nur, daß der jetzige Besitzer des Opals der Mörder ist. Ich ließ deshalb eine genaue Beschreibung des Opals überall hinausgehen. Wenn ihn der augenblickliche Besitzer zu verkaufen versucht, wird man ihn festhalten.«

»Darin stimme ich Ihnen ja zu,« erwiderte Doktor Henning, »wer jetzt den Opal hat, der ist der Mörder. Wo er zu finden sein wird, das ist die große Frage.«

»Wir stehen allerdings erst am Anfang dieses rätselhaften Falles. Hoffentlich geraten wir nicht in Sackgassen. Ich rechne damit, daß es selten einen Verbrecher gibt, der keine Unachtsamkeit begeht. Daran glauben wir ja doch nicht, wenn auch der alte, irische Diener überzeugt davon ist, daß der beleidigte indische Gott die Rolle eines Rächers an Walter Eller übernahm.«

»Was ist das für eine seltsame Geschichte?«

Und der Inspektor erzählte, was er von dem Opal wußte und gehört hatte.

*

»Zwingburg« nannten die Bewohner von Alken, dem Vororte der großen Stadt, das einsame Haus in der Recklinhauserstraße. Und wie eine Zwingburg sah es auch aus. Hohe, massive Mauern umgaben einen alten Baumgarten, und darüber ragte das Haus, das einen schloßartigen Eindruck machte, aber düster und unheimlich aussah.

Der Bau war nicht groß und hätte einen zierlichen, freundlichen Anblick gewährt, wenn jene Umfassungsmauer und die teilweise vergitterten Fenster nicht gewesen wären. Hinter den Mauern hörte man häufig das Bellen großer Hunde.

So düster die »Zwingburg« auch aussah, die mächtigen Kronen alter Bäume, deren Laub nun schon die bunte Färbung des Herbstes aufwies, wirkten doch anheimelnd.

Ueber den Besitzer der »Zwingburg«, Arnold Buchar, erzählte man sich in der Umgebung allerlei Geschichten. Er lebte wie ein freiwillig Gefangener in seiner Burg und empfing keine Besuche. Je weniger an Tatsachen über ihn bekannt war, desto abenteuerlichere Geschichten liefen über ihn um; als junger Mann sollte er in fremden Ländern, in China, Japan und Indien Geschäfte gemacht und ein ungeheures Vermögen gewonnen haben. Man fabelte von Juwelen und Schätzen, die er besitzen sollte.

Sein absonderliches Aussehen unterstützte die über den wunderlichen Alten umlaufenden Gerüchte. Sein Kopf saß fast ohne Hals auf einem derben, muskulösen Nacken. Die Farbe der Haut glich vergilbtem Pergament; auffallend große Augen blitzten unter dickbuschigen weißen Brauen. Von den Wangen unter dem Kinn hinweg umrahmte ein halblanger weißer Bart das knochige Gesicht; Kinn und Lippen waren immer sorgfältig rasiert. Das Kopfhaar, ebenfalls silberweiß, war dicht und struppig. Arnold Buchar hielt sich in der abgelegenen Zwingburg weder einen Diener noch eine Aufwartefrau; niemand durfte das Haus betreten, und wer etwas zu bringen hatte, mußte vor dem eisernen Gittertor warten, bis die Nichte des Alten erschien.

»Fräulein Sabine«, die allein mit ihrem Onkel lebte, war ein zierliches, schlankes Mädchen mit blauen Augen. Ihr Haar trug sie in Zöpfen aufgesteckt wie eine Krone. Aber nicht nur ihre äußere Erscheinung stand so völlig im Gegensatz zu ihrer Umgebung. Oft konnte man ihr silberhelles Lachen, ihre helle Stimme hören, wenn sie in fröhlichster Laune Lieder sang.

Ihr gehorchten die drei gefleckten dänischen Doggen, die durch den Park jagten, auf jeden Wink; die mädchenhafte, immer fröhliche Gestalt umschmiegten die Hunde und bettelten um eine Liebkosung.

Sabine Buchar kannte alle Wunderlichkeiten ihres Onkels und verstand es trefflich, seine Eigenheiten zu beachten.

In dem alten Laubengang, der im Purpurrot des Herbstes flammte, trällerte sie ein Liedchen vor sich hin. Mitten in einer Strophe abbrechend, hob sie einen der großen Schaftstiefel ihres Onkels hoch, drehte ihn nach verschiedenen Seiten und plauderte scherzend mit sich selbst: »Wie sehen diese Stiefel wieder aus, man könnte glauben, Onkelchen wäre die ganze Nacht übers Feld gelaufen. Nach ein Uhr ist er erst zurückgekommen; ich hörte die Uhr schlagen, als er das Gitter schloß. Was für eine Laune wird er diese Nacht wieder gehabt haben? Was geht's mich auch an? Gut ist er gegen mich doch!«

Bald sang sie das Liedchen weiter und setzte die hohen Stiefel wieder instand.

Sabine fühlte sich bei ihrem Onkel glücklich; ihre Eltern waren früh verstorben und konnten ihr gar nichts hinterlassen, so daß sie fast noch als Kind unter fremden Menschen hatte arbeiten müssen, wenn Onkel Arnold nicht gewesen wäre, der damals aus Indien zurückgekehrt war. Er nahm sie zu sich, und bald halte sie gelernt, sich seinen Wunderlichkeiten anzupassen. Er erfüllte ihr alle Wünsche, wenn sie irgend etwas gekauft haben wollte; nur in seinen Gewohnheiten durfte er dabei nicht gestört werden. Und in den Jahren, seit Onkel und Nichte zusammenlebten, hatte sie den Sonderling lieben gelernt.

Er war ja immer so gut zu ihr gewesen. Am zufriedensten war sie mit ihm, als sie ihm mit pochendem Herzen zum ersten Male das Geständnis ihrer Liebe machte. Gebrummt hatte er, irgend welche unverständlichen Worte, aber zur Verlobung hatte er doch seine Zustimmung gegeben. Es war für Sabine ein glücklicher Zufall, wie sie Frank kennen und bald darauf lieben lernte. Vor diesem Geständnis hatte sie sich nur deshalb gefürchtet, weil Buchar keine fremden Menschen um sich sehen wollte. Aber er war einverstanden und erlaubte, daß der Verlobte sie besuchen durfte. Und seitdem hing sie an dem Onkel mit doppelter Anhänglichkeit, denn in dieser Liebe erlebte sie erst ihr ganzes Glück. Bei Besuchen des Verlobten ließ sich der Onkel allerdings nur selten sehen und blieb meist in seinem Zimmer. Manchmal kam er hinzu, ohne viel zu reden, und um meist wieder ohne Abschied zu verschwinden.

Sie staunte längst über keine seiner Eigenheiten mehr, und dem Geliebten hatte sie vorher schon so viel darüber erzählt, daß er höchstens lächelnd den Kopf schüttelte.

Für Sabine gab es in dem einsamen Hause viel zu tun, da sie allein den Garten pflegte, und Arnold Buchar mit seinem unbeirrbaren Eigensinn alle Wünsche so erfüllt sehen wollte, wie er es bestimmte. Aber die heitere Laune des Mädchens litt darunter nie, und sie fand trotzdem noch Zeit genug, manchmal auch ein gutes Buch zu lesen.

Als an diesem Abend die Sonne im Westen immer tiefer sank, da befiel Sabine eine ihr selbst befremdliche Unruhe; bald horchte sie auf, dann irrten ihre Augen zu der schweren, eisernen Pforte, und wenn die Doggen zu bellen anfingen, wies sie die Tiere ärgerlich zur Ruhe; bald war sie in der Küche, schaute von dort zum Fenster hinaus, trat dann in das Wohnzimmer, suchte den Garten auf und ging schließlich ungeduldig zu der eisernen Pforte, die sie öffnete, um auf die Straße hinauszuspähen.

Eben wollte sie hinausgehen, als sie in fröhlichster Stimmung rief: »Endlich! Ich dachte, du hättest mich für heute vergessen und würdest nicht mehr kommen.«

»Ich wäre gerne früher dagewesen, aber ein schwieriger Fall beschäftigte mich heute länger als sonst. Ich sehnte mich längst nach dir.«

Sie drohte schelmisch mit dem Finger. »Ich muß dir ja alles glauben.«

»Das ist auch das klügste, was du tun kannst,« scherzte der Geliebte, der jetzt die günstige Gelegenheit zwischen Tür und Angel, wo sie von keiner Seite beobachtet werden konnten, benützte, sie auf ihre roten Lippen zu küssen.

Gegen diese Beweiskraft seiner Sehnsucht aber wehrte sich Sabine nicht.

Da rannten die Doggen mit lautem Gebell heran, und Sabine mußte die Tiere beruhigen, die den Ankömmling zu beschnuppern begannen, den sie rasch als vertrauten Gast erkannten.

In einer Laube, dicht am Hauseingang, saßen die beiden Verlobten dann beisammen; in zwei Kelchgläsern blinkte dunkler roter Wein, denn Arnold Buchar liebte gute Weine, die in seinem Keller lagerten.

Sabine beugte sich vor und blickte in die schwarzen Augen ihres Verlobten, die von seinem blonden Haar so merkwürdig abstachen, und fragte: »Warum wärst du heute beinahe nicht gekommen?«

»Ich habe den ersten großen Fall zugewiesen erhalten, bei dem ich die Anklage selbständig führen muß. In vergangener Nacht ist in der Stadt der Villenbesitzer Eller, ein mehrfacher Millionär, in geheimnisvoller Art ermordet worden.«

»In der vergangenen Nacht?«

»Ja. Gegen zehn Uhr! Vom Mörder hat man noch keine Spur; nur im Garten fanden sich Eindrücke von Schritten.«

Während Doktor Frank Henning weiter erzählte, trat Arnold Buchar aus dem Hausgang; er konnte bis zur Laube gelangen, ehe er gesehen wurde. Als er die Worte des Staatsanwaltes hörte, streckte er den Kopf vor und hörte zu.

Doktor Henning, der den Alten bemerkte, erhob sich. »Guten Abend, Herr Buchar!«

»Bleiben Sie sitzen, junger Freund, ich möchte nicht stören. Was erzählen Sie eben? Sprachen Sie nicht von Walter Eller?«

»Ja. Kannten Sie ihn, Herr Buchar?«

Die wimpernlosen Lider des Alten zuckten zwinkernd. »Ja, ja, ich habe ihn gekannt. Sagten Sie nicht, er sei ermordet worden?«

»Ja. In der vergangenen Nacht ist es geschehen.«

»Hat man den Mörder gefaßt?«

»Nein. Bisher noch nicht. Es scheint ein Raubmord zu sein, denn ein wertvoller Opal ist nicht mehr vorhanden.«

»Ein Opal? Gewiß ein sehr seltener Stein?«

»Man schätzt ihn auf über dreißigtausend Mark.«

»Und nur den hat der Mörder mitgenommen? Weiter nichts?«

»Nein.«

»Mein junger Freund, Sie sind nun vor die Aufgabe gestellt, den Mörder ausfindig zu machen?«

»Ich führe die Untersuchung.«

»Sie werden ihn hoffentlich finden.«

Zu seiner Nichte gewandt, sagte Buchar: »Sabine, gib den Doggen heute abend kein Futter, damit sie in der Nacht gut wachen und nicht schlafen. Die Doggen sind gut, mein lieber Freund, und schützen vor nächtlichen Besuchern.«

Er grüßte und kehrte wieder in das Haus zurück.

In der Laube sagte Sabine zu ihrem Verlobten: »Was ist das für ein wertvoller Opal? Das mußt du mir erzählen.«

Der alte irische Diener kauerte in der Küche auf einem niederen Schemel. Auf einer Bank saß die Köchin, die sich mit der Schürze immer wieder über das fettige, glühende Gesicht fuhr, während sie der Erzählung Frank Chagalls zuhörte. Ein Küchenmädchen stand am Herd und schaute ab und zu mit scheuen Blicken nach dem alten Irländer, dessen wunderliche Geschichten immer so schauerlich wirkten. Nur die Zofe, ein schnippisches Ding mit fuchsrotem Haar, lächelte und zog manchmal zweifelnd die Schultern hoch.

Der alte Diener, der ein paar Jahrzehnte abenteuernd in Indien verlebt hatte, der viele Jahre der Diener des Ermordeten gewesen war, erzählte in geheimnisvollem Flüstertöne: »Ich habe in Indien viele Wunder gesehen; wie ein Prangapani einen Pfeil in die Luft schoß, der nicht mehr zurückkam, wie ein Fakir ein Seil in die Luft warf, an dem er emporkletterte, und das sage ich, die Götter in diesem Lande sind mächtige Wesen. Manchmal rächen sie sich erst spät für begangene Frevel, aber entgehen kann keiner ihrer Gewalt. Und die Flüche der Priester gehen einmal in Erfüllung. Ihr glaubt mir nicht? Ihr begreift das nicht. Ich war dabei, ich habe den furchtbaren Fluch des Priesters gehört. Hat man denn einen Menschen entdeckt? Hat man jemand gesehen? Nein! Ich sage, der Zerstörer Wischnu ist der furchtbarste Gott; er kann den Blitz hinwerfen, wohin er will. Er hat auch den Herrn vernichtet!«

Der Irländer durfte zufrieden sein mit der Wirkung seiner Gruselgeschichten; die Köchin schlug die Hände zusammen. »Das ist entsetzlich. Aber solche Geschichten gibt es; ich habe auch mal so was gelesen. Da werden sie freilich nie den Mörder finden.«

Auch das Küchenmädchen fand Gefallen an einer so gespenstigen Lösung. »Da darf man froh sein, daß man weit genug fort davon gewesen ist.«

Die Zofe bemerkte schnippisch: »Das ist Unsinn! Das war doch schon vor beinahe zwanzig Jahren, daß der Herr sich den Stein mitgenommen hat. Warum hat denn dein furchtbarer Gott so lang gewartet?«

»Ja, das ist wahr,« meinte die Köchin.

Aber der Einwand verblüffte den Irländer nicht. »So ein junges Ding, das von der Welt nichts gesehen hat, das kaum von Mutters Schürze frei ist, will mich belehren ...«

»Ach was! Ich habe auch meine Augen und Ohren. Ich bin auch nicht auf den Kopf gefallen. An solche Märchen glaube ich nicht.«

Sie zog überlegen die Schultern hoch und lachte.

Der alte Diener rief unwillig: »Du willst alles besser wissen. Ich aber war drüben, ich hab' den Fluch gehört.«

»Wenn dieser unheimliche Gott gar so zu fürchten sein soll, warum hat er sich denn das Auge nehmen lassen? Warum hat er sich da nicht gleich gewehrt?«

Der Einwand kam so verblüffend, daß Chagall augenblicklich keine Antwort fand; ärgerlich sagte er: »Ich rede mit einem so naseweisen Ding gar nicht mehr. Wenn du es besser weißt, so sag du doch, wie soll der Mörder in das Zimmer gekommen sein?«

Die Zofe wandte sich ab und schwieg.

»Da bist du nun doch still, weil du nichts weißt; gar nichts kannst du wissen.«

»Warum ist denn die Gartentür offen gefunden worden? Du hast sie doch am Abend zugesperrt. Durch die Türe kann einer hereingekommen und wieder verschwunden sein.«

Die Köchin stimmte zu: »Da hat die Emmi recht. Die Gartentüre war offen, trotzdem du sie verschlossen haben willst.«

Der Irländer sagte verdrossen: »Die Türe habe ich abgeschlossen; das muß ich doch wissen.«

»Deswegen kann man sie doch mit dem richtigen Schlüssel öffnen.«

»Willst du das vielleicht gesehen haben? Dann brauchst du ja nur zu sagen, was du wieder einmal besser weißt als andere Leute.«

Die Zofe wiegte den Kopf hin und her. »Darauf könnte ich antworten. Aber manchmal ist es besser, zu schweigen.«

Jetzt übermannte den Irländer der Zorn; er sprang von seinem Schemel auf und rief: »Eine dumme Gans bist du, die gar nichts weiß. Man sollte überhaupt nicht reden, wenn du da bist.«

Aergerlich ging er aus der Küche. Draußen hörte er noch das helle Lachen der Zofe.

Nach einer Weile fragte die Köchin: »Was weißt du denn, was du nicht sagen willst?«

»Es ist nicht gut, über alles zu plaudern.«

»Mir kannst du alles sagen. Was hast du gesehen?«

»Ich könnte schon sagen, wer die Gartentüre wieder aufgeschlossen hat.«

»Wer? So rede doch. Das Fräulein?«

»Die gnädige Frau hat aufgeschlossen.«

»Um Himmels willen! Das glaube ich nicht. Wen sollte sie hereingelassen haben?«

»Das weiß ich nicht, ich habe auch nichts gesehen. Aber unsere Frau habe ich erkannt; ich wollte eben auf mein Zimmer gehen, als ich im Korridor, der zur Gartenterrasse führt, Schritte hörte. Ich blieb stehen, beugte mich über das Geländer und sah eine Gestalt vorbeihuschen; ich erkannte nicht gleich, wer es war. Aber ich wartete; deutlich hörte ich, wie ein Schlüssel im Schloß gedreht wurde. Das konnte doch nur bei der Gartentüre sein. Ich war neugierig, wer in der Nacht noch in den Garten hinauswollte, und ging ein paar Stufen über die Treppe hinunter. Aber da kam sie schon wieder zurück; sie hatte nur aufgesperrt, um jemand einzulassen. Und da sah ich nun das Gesicht ganz deutlich. Frau Hermine war es; weil ich nicht gesehen werden wollte, mußte ich fort, und ich kann nicht sagen, wem sie aufgesperrt hat.«

Die Köchin sagte erstaunt: »Die gnädige Frau? Wer hatte an so was gedacht? Wem kann sie wohl geöffnet haben?«

Eine Weile war es still; dann sagte die Zofe: »In der gleichen Nacht ist dann der Herr ermordet worden.«

»Du glaubst doch nicht ...«

An was die Köchin dabei dachte, sagte sie nicht; aber in ihren Augen lag ein zweideutiger Ausdruck.

»Ich weiß nichts weiter, als was ich gesehen habe. Sie hat die Türe für irgend jemand aufgesperrt.«

»Wer mag das gewesen sein?«

»Ich weiß es nicht; aber ich denke, erzählen müßte der doch können, was dann mit dem gnädigen Herrn geschehen ist.«

»Dann hätte sie den Mörder ins Haus gelassen? Aber warum?«

»Das geht mich nichts an. Erben wird sie ja nun genug.«

»Du meinst – und deshalb ...«

»Still – still!« zischte die Zofe.

Da trat Irma in die Küche; ihr Gesicht sah so weiß aus, als wäre der letzte Blutstropfen daraus entwichen; die Stimme zitterte, als sie sagte: »Mama ist immer noch leidend; sie will etwas Tee und Zitrone haben. Emmi soll es bringen.«

»Gnädiges Fräulein, ich werde es sofort besorgen.«

Dann ging Irma wieder aus der Küche.

Ein paar bange Minuten verstrichen; flüsternd fragte dann die Köchin: »Sie sah so blaß aus. Ob sie uns gehört haben kann?«

»Mir kann es gleich sein. Was ich gesehen habe, habe ich gesehen.«

*

Die Augen Irmas irrten unruhig umher, vom Boden zu einem Stuhl, zum Fenster, nach der Uhr, um nur nicht dem Gesicht ihrer Mutter begegnen zu müssen. Ihre mühsam beherrschte Erregung verriet sich auch in der Hast ihrer Antwort: »Emmi wird den Tee bringen. Kann ich für dich noch etwas tun?«

Frau Hermine stand in einem losen, dunklen Hauskleid neben einer Vitrine aus Zedernholz, in der wertvolle Porzellane und Kristalle aufbewahrt waren, und blickte von der Seite auf Irma, die kaum zwei Schritte von der Türe weggegangen war.

»Danke,« liebes Kind! Willst du nicht bei mir bleiben? Ich bin jetzt so ganz allein.«

»Gerne, Mama, nur – nur jetzt – im Augenblick – ich habe für mich noch etwas zu tun.«

»Da will ich dich nicht aufhalten, Irma. Weißt du, ob wieder einer von der Polizei gekommen ist? Ich erfahre ja nichts, da ich kaum mein Zimmer verlasse.«

»Nein. Niemand ist heute hier gewesen.«

»Weißt du auch, ob sie noch keine Spur gefunden haben?«

»Nein. Ich hörte nichts.«

Frau Hermine sah an Irma vorbei und sagte mit matter Stimme: »Du kannst jetzt gehen! Ich meinte nur, die Untersuchung müßte in der Zeit doch schon manches ergeben haben. Das wäre doch anzunehmen?«

»Ich verstehe davon nichts.«

Und als Frau Hermine nochmals dankte, eilte Irma rasch auf ihr Mädchenzimmer, in dem sie die Türe hinter sich verschloß. Sie warf sich auf die Ottomane, grub ihr schmales, blasses Gesichtchen in ein Kissen und begann hilflos zu weinen.

Es dauerte lange, bis das Schluchzen leiser und stiller wurde, bis Irma sich wieder aufrichtete und mit glanzlosen Augen ins Leere blickte.

Jetzt begannen ihre Gedanken sich wieder zu ordnen, die vorher unter heftigsten Erschütterungen verwirrt gewesen waren. Hatte sie denn recht gehört? Sie wiederholte sich, was sie erlebt hatte; eben wollte sie in die Küche treten, als sie den Namen von Frau Hermine aussprechen hörte, aber in einem Ton, der sie unwillkürlich zum Stehenbleiben zwang; da war es gegen ihre Absicht geschehen, daß sie auch noch vernahm, wie die Zofe erzählte, daß sie Frau Hermine deutlich erkannt hatte, die in jener Nacht die Gartentür aufgesperrt haben sollte. Wort für Wort hatte sich wie eine furchtbare Anklage in ihrem wunden Gemüt eingegraben. Eine Anklage gegen Frau

Hermine, gegen ihre zweite Mutter, zu der sie bisher in ihrer zurückhaltenden Schüchternheit immer vergebens den Weg zum Herzen gesucht.

War dieser Verdacht denkbar?

Die Zofe hatte es so bestimmt behauptet, das Mädchen hatte alles gesehen und Frau Hermine erkannt.

Irma drängten sich noch andere Erinnerungen auf, die damit erst bedrückende Bedeutung gewannen. Sie wußte, daß Frau Hermine nicht im Zimmer bei den Gästen gewesen, daß sie für längere Zeit fern geblieben war, um dort erst wieder zu erscheinen, als der Vater gegangen war, um den Opal zu holen. Wo war sie während dieser Zeit gewesen?

Die Zeit stimmte; die Zofe erzählte, Frau Hermine habe die Türe aufgesperrt. Aber für wen? Warum?

Als die Mutter damals in das Herrenzimmer zurückkehrte, war Irma eine offensichtliche Unruhe an ihr aufgefallen. Und dann war sie bewußtlos zusammengebrochen, als der Diener den Tod meldete; beim Erwachen aber war ihre erste Frage gewesen: »Wo ist er?« Galt diese Frage dem Toten? Oder jenem Unbekannten, dem sie die Gartentüre geöffnet?

Aber das war nicht alles. Immer schwerer gestaltete sich die Anklage gegen die Mutter. Irma dachte daran, wie Frau Hermine in auffallender Hast Fragen nach den Erfolgen der Polizei gestellt hatte, als ängstigte sie sich für einen, den sie schützen wollte.

Immer tiefer bohrte sich der Verdacht Irmas. Hatte sie nicht eben wieder gefragt? Irma drückte die Finger gegen die pochenden Schläfen, als könne sie so das Blut zurückhalten, das in ihr tobte.

Alles drängte auf sie ein; jeder Blick, jedes Wort gewann eine furchtbare, entsetzliche Bedeutung.

Sie – Frau Hermine – sollte einem Fremden geöffnet haben, dem Mörder des Gatten, dem Mörder des Vaters! Sie mußte wissen, für wen sie das getan hatte, aber sie schwieg. Sie schützte ihn mit ihrem Schweigen, mehr noch – sie ängstigte sich um ihn, sie zitterte für den Unbekannten.

War das denkbar?

Irma fand trotz allen Grübelns in dieser Wirrnis keine Klarheit.

Die Zofe hatte es gesehen?

Und was Irma selbst gesehen und gehört, was ihr vorher auffällig erschienen war, das erhielt nun eine Deutung, die das Schlimmste fürchten ließ.

Irmas Stiefmutter, zu der sie mit Liebe aufgeblickt hatte – sollte dem Mörder den Weg in das Haus gebahnt haben! Und schweigend schützte sie ihn.

Irma konnte in diesen Stunden nichts anderes denken. Alles verschwand vor diesen ungeheuerlichen Gedanken; sie dachte nicht mehr an ihren Lebensretter, nicht mehr an ihr Versprechen, ihm zu schreiben, sie konnte an nichts anderes mehr denken.

Was sollte sie nun tun? Wie jetzt Frau Hermine gegenübertreten? Konnte sie ihr wieder in die Augen sehen? Würde die Zofe immer schweigen? Und was mußte geschehen, wenn sie dies nicht tat? Ein qualvoller Tag lag vor Irma; sie wagte sich aus ihrem Mädchenzimmer nicht mehr hinaus.

Als der Abend und die Stunde kam, zu der sie sonst mit der Mutter gemeinsam zu Tische saß, da konnte sich Irma zu diesem Gang nicht entschließen. Sie ließ sich damit entschuldigen, daß sie an heftigen Kopfschmerzen leide und schlafen möchte.

Eine Lüge!

Aber sie konnte Frau Hermine jetzt nicht in die Augen sehen. Was änderte sich damit? Nur Stunden konnte sie gewinnen, in denen sie doch nicht zur Ruhe kam. Wie sollte es morgen werden? – Irma bemerkte nicht, wie die Nacht kam; sie achtete nicht darauf, daß sie im Finstern auf und nieder ging, bald an einem Fenster stehen blieb, sich für Minuten setzte, um dann die ruhelosen Wanderungen wieder aufzunehmen.

Sie hatte das Empfinden für die Zeit verloren.

Sie wußte nicht, wie spät es war, als sie wieder an einem der Fenster lehnte, die Stirne gegen die Scheibe drückte und voll weher Gedanken in die Dunkelheit des Gartens hinausblickte.

Plötzlich erschrak sie. Täuschten sich ihre Augen? – Deutlich hob sich im Garten gegen das nächtliche Dunkel des Laubes eine schlanke Frauengestalt ab, die aus der Richtung der Gartentüre her gekommen sein mußte, die offenbar unbemerkt aus der Villa hinaus wollte, die jetzt stehen blieb und zu den Fenstern zurückschaute, als wollte sie sich überzeugen, ob sie nicht beachtet werde. Weißes Haar leuchtete aus dem Dunkel. Es war Frau Hermine. –

Sie war es, sie stahl sich fort, durch die gleiche Türe, die sie heimlich schon einmal einem anderen geöffnet.

Was bedeutete das? Warum schlich sie heimlich davon? Wo wollte sie hin?

Irma irrte sich nicht. Es war Frau Hermine. Sie wünschte nicht, daß jemand von ihrem Weggehen wissen sollte.

Allerlei Gedanken wirbelten Irma durch den Kopf. Wenn sie der Stiefmutter folgte? Wenn sie so Gewißheit suchte?

*

Als Irma den gleichen Weg durch den Garten und den rückwärtigen Ausgang genommen hatte, nachdem sie nur einen Mantel hastig umgeworfen und ein dunkles Tuch um den Kopf gelegt, als sie gehetzt auf die Straße trat, bemerkte sie eben noch, wie eine Frauengestalt um die nächste Ecke verschwand. Sie lief die menschenleere Straße entlang, um die Spur nicht zu verlieren. Bald war sie so nahe hinter der Stiefmutter, daß sie ihr unauffällig folgen konnte.

Jetzt, da ihr Herz nicht mehr so laut pochte, peinigten sie andere Gedanken. War es nicht geradezu verächtlich, was sie jetzt tat? – Wie eine Spionin schlich sie hinter der Mutter her. Sie mißtraute ihr. Mit welchem Recht, konnte sie nicht sagen. Bestätigte denn dieser heimliche Weg nicht erneut, was durch die erlauschten Worte der Zofe zum ersten Verdacht geworden war?

Wohin schlich Frau Hermine so verstohlen? Dann dachte Irina, ob es nicht ehrlicher gewesen wäre, wenn sie bis zu ihr hingeeilt wäre, ihre Hand erfaßt hätte, um sie zu fragen, warum sie in der Nacht fortlief? Aber würde sie auch die Wahrheit erfahren? Erschrecken würde Frau Hermine gewiß im ersten Augenblick; aber ob sie deshalb auch alles sagen würde? Irma fühlte steigendes Unbehagen über dies verächtliche Nachschleichen, aber es mußte um der Wahrheit willen geschehen. Klarsehen wollte endlich das innerlich verzweifelte Mädchen. Sie konnte ihren Gedanken jetzt auch nicht lange nachhängen, denn sie mußte darauf achten, die Spur der Verfolgten nicht zu verlieren, die manchmal, besonders an Straßenkreuzungen, an denen ein lebhafter Verkehr war, stehen blieb und sich umschaute; Irma drückte sich für Augenblicke in den Schatten einer Hausecke.

Frau Hermine mied auf ihrem Wege alle hellerleuchteten Straßen, in denen die Menschen, die von Konzerten kamen und in Cafés gingen, dichter fluteten.

Immer stiller wurden die Gassen, die durch Stadtteile führten, die Irma am Tage gemieden hätte. Es huschten da jene armseligen Geschöpfe, die zu den bedauernswertesten gehörten, geschminkt und mit seidenen Röcken rauschend, von einer Straßenecke zur anderen.

Was konnte Frau Hermine hier suchen, und wo wollte sie hin? War das nicht die Hafengegend, der sie sich näherte, jener Teil der Stadt, in dem die verstecktesten Kneipen lagen, in dem Elend und Not, aber auch das Verbrechen die meisten Schlupfwinkel fanden?

Es tauchten manche verdächtige Gestalten auf, und aus trübe erleuchteten Kellerräumen klang kreischend ein Grammophon oder das Lärmen eines Orchestrions. Dazwischen vernahm Irma johlende Stimmen. Bisher hatte sie immer noch unbemerkt folgen können.

Nun waren sie in die Hafengasse eingebogen.

In einem flüchtigen Aufschrecken tauchten mit einem Male in Irma andere Gedanken auf; sie dachte an ihren Lebensretter, der ja auch die Hafengasse genannt hatte, an Alex Röder, der in der Musikerbörse wohnte, in dessen Schuld sie immer noch war, und der sich gewiß nach einem Brief von ihr sehnte.

Er mußte zwar auch hier in der elenden Hafengasse leben, aber er war doch nur ein Unglücklicher, einer, der im Leichtsinn gesunken war, aber doch kein Mensch mit einem schlechten Herzen. Wie freimütig er die Schuld seines Lebens eingestanden hatte! So konnte keiner handeln, der innerlich verderbt war. Gewiß hatte ihn nur das Unglück auf die abschüssige Bahn gebracht. Ihm schuldete sie ihr

Leben; sie durfte nicht vergessen, daß sie seine Tat mit einer gleichen zu vergelten hatte; sie mußte ihm den Weg zu einem besseren Leben ermöglichen. Mit Geld konnte ihm sicher der Grund zu einem anderen Dasein bereitet werden.

Nur Sekunden waren es, in denen sie sich mit diesen Erinnerungen und Vorsätzen beschäftigte.

Da blieb Frau Hermine vor einem erhellten Torbogen stehen; ein fahler, gelbrötlicher Schein fiel aus einer Einfahrt quer über die Straße. Stimmen kreischten und lärmten. Über dem Tor leuchtete ein roter Stern, und darüber stand auf einem weißgestrichenen Blechschild: »Herberge zur Musikerbörse.«

Hier wohnte der arme Mensch.

Nun verstand sie, warum er sie wie scheu gemieden hatte, warum er sie nicht begleiten wollte. Jetzt erst begriff sie ganz, daß sie ihre eigene Schuld nicht vergessen durfte.

Frau Hermine trat durch den Torbogen in das Haus. Irma durfte vor nichts mehr zurückschrecken; sie mußte ihr folgen.

Auf den Zehen schlich sie an den Toreingang heran, unmittelbar daneben drückte sie sich an die Wand. Jetzt spähte sie hinein und sah in den hellen Flur, in dem schmutzige Fässer und Kisten standen. Eine Glastüre mündete in ein Schanklokal, aus dein singende und kreischende Stimmen drangen; eine zweite Türe schloß den Hofraum ab, und staubige, ausgetretene Steinstufen führten nach dem ersten Stockwerk empor.

Vorsichtig beobachtete Irma und sah, wie Frau Hermine einem kleinen, häßlichen Manne gegenüberstand. Mißtrauisch schaute er auf die Fremde, die hier eine ungewohnte Erscheinung war. Als er ihr Zögern bemerkte, rief er sie kurz an: »Wen suchen Sie denn?«

Irma konnte jedes Wort verstehen; jetzt mußte die Antwort folgen, auf die auch sie mit Spannung wartete. Wer war es, für den Frau Hermine bangte, dem sie das Gartentor aufgeschlossen hatte?

Deutlich vernahm Irma die Frage: »Hier wohnt doch der Musiker Alex Röder?«

»Hat gewohnt, ja, hat gewohnt!« knurrte der Wirt.

Erschreckt zog sich Irma zurück. Alex Röder? Das war der Name ihres Retters! Den suchte Frau Hermine? –

Die Hände gegen das heftig pochende Herz gedrückt, lauschte Irma weiter.

»Er wohnte doch hier?«

»Ich sage ja, er ist weg.«

Eine weitere Frage: »Wann ging er fort?«

»Heute morgen.«

Blitzartig zuckte in Irma eine Erinnerung auf. An dem Abend im Herrenzimmer war es; Geheimrat Hessel erzählte eine Geschichte; Frau Hermine war fort; sie selbst schaute durch das Fenster auf die Straße; da hatte sie die Gestalt ihres Retters zu erkennen vermeint, der dann in der Richtung nach dem Garten verschwunden war.

»Hat er nicht hinterlassen, wo man ihn finden kann?«

»Nein, das ist nicht üblich. Visitenkarten haben die Gäste in der Hafengasse nicht.«

»Sie können mir gar nichts über ihn mitteilen?« Die Stimme Frau Hermines bettelte um ein mitleidiges Wort.

»Nein. Er muß ein gutes Geschäft gemacht haben, denn er sah nobel aus, als er ging. Da war's ihm hier nicht mehr gut genug. Er scheint in der Nacht irgendwo etwas gefunden zu haben. Das kommt vor.« Der Wirt ging lachend nach der Gaststube.

Irma hatte jedes Wort deutlich gehört. Jetzt wollte sie nicht mehr zurück, sie wollte alles wissen, die ganze Wahrheit fordern. Wer war Alex Röder? Und warum suchte ihn Frau Hermine? Welches Geheimnis verband diese beiden?

Das häßliche Lachen trieb Frau Hermine hinaus; in sich zusammengesunken schlich sie durch den Torbogen nach der Straße. Knallend schlug der Wirt die Türe zum Schankraum hinter sich zu.

Frau Hermine bog nach der Seite ein, um auf dem gleichen Wege wieder zurückzukehren; da stellte Irma sich ihr entgegen, und eine bange Stimme zitterte: »Wen suchst du hier?«

Erschreckt zusammenfahrend, blieb die Ertappte stehen. Dann rief sie: »Irma, du? Wie kommst du hierher?«

»Ich glaube, wir sollten beide zusammengehen.«

»Irma?« Halb zweifelnd, halb fragend klang der Ruf. Dann sagte sie: »Ja. Es ist wohl besser – komm! Und erst erzähle du.«

Kommst du morgen wieder?«

»Ja! Gegen Abend finde ich eine freie Stunde. Wenn ich nur weiß, daß du dich freust.«

»Kann es für mich denn Lieberes geben, als wenn ich dich erwarten darf? Wenn ich morgens erwache, und die Sonne scheint durch das Fenster, dann nicke ich ihr zu und sage ihr: ›Weißt du schon, er kommt!‹ und wenn ich dann in den Garten gehe und die Blumen sehe, sage ich ihnen: ›Blüht heute besonders schön, er kommt.‹ So ist es, und da fragst du, ob ich mich freue.«

Da zog Doktor Henning die zierliche Gestalt seiner Braut noch dichter an sich und raunte ihr zu: »Du bist wirklich wie die liebe Sonne und verstehst es, alles mit deinem Wesen noch schöner zu machen. Ich würde mich ja selber strafen, wenn ich nur einen Tag versäumte. Wenn das Frühjahr kommt, dann wollen wir ein eigenes Heim haben.«

Als er Sabine daran erinnerte, huschte ein rasches, freudiges Rot über ihr Gesicht; damit sprach er ja von der Erfüllung des höchsten Glückes; sie umfaßte seine Hand mit wärmerem Druck. »Ja! Aber unser Heim soll dann die Sonne von allen Seiten hereinlassen, alle, die vorüberkommen, sollen sehen, wie es bei uns schön sein wird.«

Sie deutete auf die hohe Mauer und sagte: »Anders soll es bei uns sein als hier.«

»Ja! So wollen wir nicht leben. Ich begreife nicht, wie sich dein Onkel hier wohl fühlen kann. Er ist ein merkwürdiger Sonderling; der sich da einsperrt, als fürchtete er sich vor irgend etwas.«

»Das ist auch so. Und seit einigen Tagen ist es noch schlimmer geworden als zuvor; er verläßt sein Zimmer kaum mehr. Das elektrische Läutwerk mußte verstärkt werden; die Rolläden muß ich in der Nacht herunterlassen, und die Doggen werden nur am Vormittage gefüttert, damit sie in der Nacht scharf sind.«

»Vor was mag er sich so fürchten?«

»Das hat er nie gesagt. Über seine Vergangenheit spricht er nie; von allem, was er früher erlebte, erzählt er nichts. Er redet an manchen Tagen nicht zehn Worte mit nur.«

»Wie einsam mußt du dich manchmal gefühlt haben.«

»Ja! An solchen Tagen ging ich in den Garten und sang ein lustiges Lied. Und dann bist du gekommen! Da war ich nicht mehr einsam; ich redete mit dir, auch wenn du nicht da warst.«

»Was sagtest du mir da immer an Heimlichkeiten?«

Sie lachte ihn an: »Dinge, die ich dir nicht verraten darf.«

»So Schlimmes?«

»So Gutes, du – du Lieber, du!«

Die beiden hatten unterdessen die eiserne Pforte erreicht; während Sabine aufsperrte, fragte sie: »Wie ist es mit deinem Fall? Ist der Mörder gefunden?«

»Nein! Vorerst ist eine Belohnung von tausend Mark ausgeschrieben worden, die dem zufallen, der irgendwelche wertvolle Aussagen machen kann.«

»Glaubst du, daß damit etwas erreicht wird?«

»Warum nicht? Tausend Mark locken manchen, der schließlich aus irgendwelchen Gründen bisher schwieg.«

Dann nahmen die beiden Abschied.

»Auf Wiedersehen'«

»Morgen!«

Sabine winkte mit dem Taschentuch noch lange nach.

Nachdenklich kehrte sie durch den Garten in das Haus zurück; die Doggen umschmeichelten sie; aber sie achtete nicht darauf, und flüsterte nur einige Male in zuversichtlichstem Tone: »Im Frühling – im Frühling –«

Diese Glückshoffnung winkte ihr so lockend, so golden, so sicher, denn was sollte ihr den Traum stören?

So zufrieden sie hier auch sein konnte, wo ihr jede Sorge fremd geblieben war, so gern der Onkel auch alle ihre Wünsche erfüllt hatte, innerlich ganz froh hatte sie sich in der Gesellschaft des menschenscheuen Mannes nie gefühlt. Manches Unerklärliche hatte sie oft gegen ihren Willen bedrückt. Sie sehnte sich nach Freiheit und nach Menschen.

An ihre Zukunft dachte sie, während sie den Tisch deckte; aber der Onkel kam nicht, trotzdem die Stunde längst verstrichen war, um die er pünktlich zu erscheinen pflegte.

Sie überzeugte sich von der Zeit; es war spät geworden.

Sollte er in seiner Sammlung die Stunde vergessen haben? Dort gab es ja so viele wunderliche Dinge aus fremden Ländern, in denen er gelebt hatte, und mit denen er sich immer gerne beschäftigte. Wenn sie in den drei Zimmern reinigen mußte, war er immer in der Nähe geblieben. Meist war sie froh gewesen, wenn sie die fratzenhaften Götterbilder, Mumien und bunten Holzschnitzereien nicht mehr sah.

Ihr Blick suchte wieder die Uhr. Vielleicht ärgerte sich der Onkel, wenn sie ihn an die Zeit nicht erinnerte? Sie ging nach dem ersten seiner drei Zimmer; da hingen an den Wanden kupferne Becken und Trommeln, Waffen aus Stein und Bronze. Ein ungeheurer Sammlerfleiß schien hier Zeugen der ganzen Kulturgeschichte eines Volkes aufgespeichert zu haben.

Sie konnte den Onkel nicht finden. Da sie wußte, daß er es nicht gerne sah, wenn sie ohne seine Aufforderung hier hereinkam, trat sie nur bis zur Türe des nächsten Zimmers und blickte hinein, ob er auch dort nicht zu erspähen war. Jetzt sah sie ihn. Er stand dicht an einem Fenster und hielt sorgsam zwischen Daumen und Zeigefinger einen blinkenden Gegenstand hoch und ließ ihn im Licht spielen.

Sabine wollte rufen; da fiel ihr Blick auf den von der Sonne umfluteten Stein, und sie schwieg erschrocken. Klar hob sich der Stein zwischen Daumen und Zeigefinger gegen das Licht ab. Es war ein großer, milchig zarter, ovaler Opal, der vom Gelblichen ins Hellgrünliche spielte. In der Mitte leuchtete dunkelgrün ein runder

Kern auf. Deutlich konnte sie den Stein erkennen, denn sie stand kaum zwei Meter davon entfernt.

Arnold Buchar schien sich am Leuchten dieses Steins zu freuen. Genau so hatte Frank Henning jenen Opal geschildert, der bei dem Morde an Walter Eller geraubt worden war; und wer das Auge Wischnus besitze, müsse auch der Mörder sein, hatte er gesagt. Erschrocken wich Sabine zurück. Arnold Buchar horchte auf. Seine Hand sank nieder, er wandte sich der Türe zu; rasch legte er den Opal in eine Schatulle, deren Deckel er hastig zuklappte, als er ihr erregt zurief: »Was willst du hier? Was suchst du da?«

»Der Tisch ist gedeckt. Die Zeit ist schon vorbei, und ich wollte dich rufen.«

»Wolltest du nur nicht bloß nachspüren? Mich überraschen? Bei mir ist nichts zu finden.«

»Das wollte ich gewiß nicht!«

»Geh nur! Geh, ich komme schon!«

Und in seiner leicht erregbaren Art stampfte er dabei mit den Füßen auf.

*

Sabine saß im Speisezimmer und wartete auf den Onkel. Ihre blauen Augen starrten auf den Tisch, ohne etwas zu sehen.

Hatte sie sich getauscht? Nein! Deutlich erkennbar hatte er in der erhobenen Hand den Opal mit dem tiefgrünen, funkelnden Kern gehalten.

Warum war er so erschrocken und hatte den Stein sofort weggeschlossen? Warum hatte er sie hinausgewiesen und so gehässige Worte gebraucht und ihr den Vorwurf gemacht, daß sie ihm nachspüre? Mußte er das fürchten? –

Da trat Arnold Buchar ins Zimmer; mit ausgespreizten Fingern fuhr er sich durch sein weißes Haar und blickte lauernd auf Sabine, die seinen Augen scheu auszuweichen suchte.

Langsam setzte er sich an den Tisch und fragte mit einem Lauern in der Stimme: »Ich habe dich wohl erschreckt? Aber du darfst das nicht gar so schlimm nehmen. Ich habe da ein Experiment gemacht, mit einem geschliffenen Kristall, in dem ich das einfallende Licht beobachten wollte. Du hast ihn gewiß leuchten sehen?«

»Ja!«

»Ein wasserheller Stein, in dem sich das Licht wundervoll bricht. Aus dem Ural brachte ich ihn mit! Da! Hier! Schau ihn nur an! Ist er nicht durchsichtig wie klarstes Wasser?«

Arnold Buchar griff in seine Tasche und legte mit aufdringlicher Bereitwilligkeit einen schönen, feingeschliffenen großen Bergkristall vor Sabine hin.

»Gefällt er dir nicht? Laß einmal die Sonne sich in den Kanten brechen, da leuchten die Farben auf. Nicht wahr?«

Sabine griff nach dem Stein und drehte ihn zwischen den Fingern; ihre Stimme klang matt und befangen: »Ja, er ist schön, sehr schön.«

»Hast du den Stein nicht in meiner Hand gesehen?«

»Ja, ja, das war er wohl!«

Mit zustimmendem Kopfnicken erwiderte er schnell: »Ich freue mich immer wieder, wenn ich den Kristall einmal herausnehme.«

Er griff wieder danach und steckte ihn in die Tasche.

»Jetzt aber wollen wir uns das Abendessen schmecken lassen.«

Aber nur Arnold Buchar griff zu, und er redete mehr als sonst. Sabine mußte sich zum Essen zwingen und dabei auf seine Reden antworten, obgleich ihr innerlich so bang wie nie im Leben war.

Doch auch die Essenszeit verging.

Als es immer mehr zu dunkeln begann, zeigte sich bei Arnold Buchar wieder jene andere Unruhe.

Er ging mit hastenden Schritten aus und nieder, die Hände auf den Rücken gelegt, und warf gelegentlich eine neue Bemerkung hin.

»Die Laden müssen fest geschlossen werden, besonders unten im Erdgeschoß.«

Dann sagte er: »Die Hunde haben in der Nacht zu wenig gebellt; sie werden doch nicht schlafen? Oder fütterst du sie auch am Abend?«

Später mahnte er: »Die Alarmglocken darfst du nie nachzusehen vergessen.«

Endlich kam die Stunde, die Sabine Ruhe bringen sollte.

Alles hatte sie aufs peinlichste besorgt, die Läden verschlossen, die Türen versperrt, die elektrischen Signale eingeschaltet. Nun war sie in ihrem Mädchenzimmer allein. Aber sie fand keine Ruhe, so still es auch war; nur manchmal hörte man das leise Knurren einer der Doggen, lauter und banger klopfte ihr Herz. Im dunklen Zimmer ging sie auf und nieder. Nein, sie hatte sich nicht getäuscht; sie hatte in seiner Hand zu deutlich den Opal erkannt. Mir dem hellen, geschliffenen Kristall, den er ihr dann gezeigt hatte, wollte er sie nur täuschen. Daß er diese Täuschung versucht hatte, steigerte ihre Ruhelosigkeit. War das nicht ein Versuch, dadurch die Wahrheit abzuleugnen? Warum aber wollte er sie über das von ihr Gesehene täuschen? Nur um so gewisser wurde sie darüber: einen Opal hatte sie in seiner Hand gesehen, den Frank Henning ihr so deutlich geschildert, daß er mit keinem anderen Ähnlichkeit haben konnte. Das war der Stein, den der Mörder bei Walter Eller geraubt hatte; wer den Opal besaß, mußte der Verbrecher sein.

Diese Worte ihres Verlobten klangen ihr im Ohr. Aber ihr Onkel konnte die Tat nicht begangen haben. Sie grübelte über den Anlaß seiner erneuten Furcht, seine große Ängstlichkeit. War dieser Zustand nicht erst so ausgesprochen über ihn gekommen, seit diese Tat geschehen war? Fürchtete ihr Onkel die Verfolger?

Und nun erinnerte sie sich wieder daran, daß er in dieser Nacht erst um ein Uhr heimgekommen war.

Sie erschrak vor der letzten Folgerung ihrer Gedanken.

Unerbittliche Tatsachen häuften sich. Konnte das möglich sein? Ihr Onkel ein Mörder?

Was mußte sie jetzt tun? Durfte sie schweigen? Oder wurde sie dadurch mitschuldig? Wie sollte sie dem Onkel gegenübertreten? Wie dem Geliebten in die Augen sehen?

Mußte ihr Glück zusammenbrechen? Konnte Frank sie noch lieben, sie, die Nichte Buchars, eines Mörders?

Ihre Gedanken schreckten vor dein entsetzlichen Wort zurück.

Sie saß im Dunkeln auf einem Stuhl und hielt die Hände ineinander verschlungen. Verzweifelt starrte sie in die Finsternis.

Vor Stunden hatte sie noch vom kommenden Frühling geträumt.

Und jetzt sah sie ihr Glück verloren.

In körperlicher und seelischer Erschlaffung versank sie gegen Morgen erst in einen tiefen, traumlosen Schlaf, der aber nur ein paar Stunden dauerte, aus dem sie jäh aufschreckte.

Beim Erwachen schien die Sonne des neuen Tages in ihr Zimmer.

Sie mußte hinunter und dein Onkel gegenübertreten, sie mußte heucheln und schweigen.

Und wenn Frank kam, wie sollte sie ihm in die Augen sehen.

Mit unsagbarem Weh schaute Sabine in den neuen Tag. –

An den Frühling, der ihr Glück bringen sollte, wagte sie nicht mehr zu hoffen.

*

Und das Licht des neuen Tages fiel auch in das Zimmer von Irma Eller. Da saßen Mutter und Tochter nebeneinander. Ein Schein der Sonnenstreifen huschte über den glatten Scheitel des weißen Haars Frau Hermines; sie hatte ihren rechten Arm um Irma gelegt, die sich dicht an sie schmiegte und mit beiden Händen die freie, linke Hand der Mutter festhielt.

Aus den blauen Augen Frau Hermines strahlte die Güte; mit weicher Stimme sprach sie eben: »Nun weißt du alles! Er ist mein Sohn, er ist es und bleibt es, so tief er auch im Elend gesunken sein mag.«

»Aber er heißt doch Alex Röder? Und dein Name war doch ein anderer; in der ersten Ehe nanntest du dich ja Martini?«

»Ja. Aber als er geflohen war, als das Unglück geschah, als er wie ein Verlorener in die Welt hinauszog, vom Fluch seines Vaters begleitet, nahm er diesen Namen an, um den seines Vaters nicht mit Schmutz zu bedecken. Sein wahrer Name ist Martini.«

»Und warum floh er?«

»Es ist dies eine lange und traurige Geschichte, Irma. Sein Vater war einer jener Beamten, deren starrer Rechtlichkeitsinn unbeugsam ist; er stammte von Geschlechtern von Beamten. Deshalb sollte auch Alex Rechtswissenschaft studieren, um Beamter gleich seinem Vater zu werden. Aber Alex liebte die Musik, und diese Leidenschaft gewann zuletzt solche Gewalt über ihn, daß er seine Studien vollständig vernachlässigte; statt zu lernen, musizierte er. Sein Vater zerschlug ihm die Violine; aber Alex wurde nur um so verbitterter. Da kam dann das erste; um ein neues Instrument zu besitzen, mit dem er wieder spielen konnte, veruntreute er das Schulgeld, nahm außerdem noch Geld aus einer Kasse des Vaters und kaufte dafür eine andere Geige. Ich kann dir nicht schildern, was nach der Entdeckung geschehen ist; der Vater verfluchte ihn als einen Dieb, und Alex trotzte noch mehr; sein Vater hielt ihn darauf wie einen Gefangenen. Er ging zu streng mit ihm um und wollte mit Gewalt erzwingen, wozu Alex keine Lust zeigte. Da geschah es, daß Alex in der Nacht aus einem Fenster ausstieg, um mit befreundeten Musikern zu spielen. Dadurch wurde der Kampf zwischen Vater und Sohn maßlos heftig. Ich half Alex, denn er war mein einziges Kind. Ich steckte ihm Geld zu, so viel ich konnte. Es waren keine großen Summen, denn sein Vater war gegen mich genau so mißtrauisch, und ich konnte dem Jungen nicht mehr geben. Es waren wirklich nicht mehr als Almosen, die ich ihm zustecken konnte. Und er wollte nichts als Musik studieren. Das Ende war entsetzlich. Ich weiß nicht, wurde Alex durch andere verführt oder war seine Leidenschaft zu groß, unterlag er seinem Leichtsinn, oder glaubte er dabei an ein vermeintliches Recht, jedenfalls beraubte er in einer Nacht seinen Vater und reiste mit dem Gelde fort. Und sein Vater kannte nach diesem Streich keine Besinnung mehr; er zeigte ihn als Dieb an und beantragte seine Bestrafung. Meine Tränen vermochten nichts daran zu ändern. Alex wurde mit noch zwei Musikanten festgenommen und nach dem Antrag seines Vaters, der unbeugsam blieb, der ihn verleugnete, mußte mein Sohn eine Gefängnisstrafe abbüßen. Ich war machtlos. Wieder konnte ich ihn nur mit kleinen Summen unterstützen, während er ständig auf seinem Recht beharrte, Musik studieren zu dürfen. Dazu wollte er Geld. Sein Vater hörte ihn nicht, und ich konnte nie mehr geben, als was ich mir ersparte. Da zog er wieder fort, und von da an war er mir durch Jahre verloren. In dieser Zeit starb sein Vater, der selbst im Sterben keinen Willen zur Versöhnung zeigte, und ich wurde schließlich deine zweite Mutter. Aber Alex blieb verschollen; ich glaubte nicht, ihn je wieder zu sehen; ich hielt ihn für verloren. Nun kennst du seine Geschichte und weißt, warum er einen anderen Namen angab.«

Still war es. Lange Zeit war nur das geschäftige Ticken der Uhr zu hören. Dann hob Irma den Kopf und suchte die Augen von Frau Hermine. Mit banger Stimme antwortete sie: »Aber schlecht war er bei allem nicht. Nein. Das glaube ich nicht! Warum hat er nicht Musik lernen dürfen? Er wäre dann glücklich geworden.«

Da strich die Hand Frau Hermines über das Haar Irmas; eine geheime stille Freude sprach aus ihren Worten: »So verdammst du ihn nicht?«

»Ist seine Leidenschaft zur Musik schlecht zu nennen?«

»Du willst seiner Mutter nichts Wehes sagen.«

»Nein. Er war nie schlecht, und sein Wille war gut; aber die Härte trieb ihn zu unbesonnenem Leichtsinn. Warum hast du mir nie von ihm erzählt?«

»Ich hielt ihn für tot. Und dann hätte ich auch gestehen müssen, daß er ein Dieb war. Ich betrauerte ihn und war tief erschrocken, als er wieder kam und um meine Hilfe bat; er hatte Musik studiert, unter größten Opfern und Entbehrungen. Aber er war mit seinen Mitteln zu Ende, deshalb verlangte er von mir Geld, um sich besser kleiden und eine lohnende Stellung finden zu können. Aber mich hatte das Leben zermürbt, schwächlich gemacht und feig. Ich wagte es nicht, deinem Vater alles zu gestehen. Meine Schwächlichkeit war meine Schuld! Heimlich wollte ich Alex rufen, heimlich wollte ich ihn sehen, um dann erst einen Weg zu suchen. Und so kam jene furchtbare Nacht.«

Frau Hermine schwieg.

Irma streichelte zärtlich immer wieder die müde Hand der geprüften Frau. »Arme Mutter, wenn du nur zu mir gekommen wärst.«

Wehmut lag in den Augen der Frau, als sie erwiderte: »Erst diesen Weg der Angst, Furcht und Demütigung mußte ich gehen, um dein Herz zu erkennen. Aber ich war zu sehr gehetzt, ich fürchtete neue Aengste, ich besaß weder Mut noch Vertrauen. Ich teilte Alex deshalb mit, er möge in jener Nacht um halb zehn an das rückwärtsgelegene Gartentor kommen. Da wußte ich noch nicht, daß wir Besuch bekommen würden, und als ich es erfuhr, konnte ich nichts mehr andern. Ich wußte, daß mein Junge kommen würde und schlich mich deshalb von den Gästen fort; den Schlüssel zum Gartenausgang hatte ich mir vorher verschafft. Alex wartete bereits, und ich sagte ihm, er solle mir langsam folgen; ich ging voran und zeigte ihm den Weg über die rückwärtige Treppe.«

Irma dachte an die Worte der Zofe, die Frau Hermine belauscht hatte.

Frau Hermine erzählte weiter: »Ich brachte ihn auf mein Zimmer, aber für die wahren Gründe meiner Angst zeigte Alex kein Empfinden; in meiner Sorge und Furcht erblickte er nur Mißtrauen, und die Heimlichkeit, mit der ich ihn empfing, empfand er schimpflich. Und da ich ihm nicht genug geben konnte, nicht so viel, als was er gebraucht haben würde, um sich eine Existenz zu schaffen, die ihn als Musiker befriedigen sollte, da nannte er es Almosen, die man ihm immer bot, statt ihm zu helfen. Ich fühlte, daß er recht hatte, aber es schmerzte mich doch. Und ich konnte ihn nur auf später vertrösten, denn ich durfte nicht länger fern bleiben, wenn es nicht auffallen sollte. Dies aber ließ in ihm noch einen alten Groll aufsteigen, und er glaubte, daß ich nicht anders helfen wollte; er ging unmutig und mir der Drohung, er werde sich selbst auf irgendeine Weise zu helfen suchen. Kannst du dich wundern, daß bei solchen Worten in mir der peinigende Gedanke an seine unbedachten Jugendstreiche erwachte?«

Abermals streichelte Irma die Hand der Frau: »Arme Mutter! Nein – nein, schlecht ist er nicht, schlecht nicht im Herzen, sonst hatte er nicht tun können, was er für mich getan.«

Die warme Fürsprache des jungen Mädchens tat dein hoffenden Herzen der Mutter wohl, die mit zitternder Stimme fortfuhr: »Du gibst mir so viel Trost! Aber daß ich an dem Abend erregt war, als ich zu den Gästen zurückkehrte und deinen Vater nicht sah, das wirst du verstehen. Ich mußte ja fürchten, daß er Alex begegnete, und er konnte ihn für einen Dieb halten. Ich zitterte, denn mir klang noch die Drohung meines Jungen nach. Und als der Diener die furchtbare Meldung brachte, da verließ mich die Kraft.«

»Arme Mutter!«

»Was dann kam, weißt du. Kein Fremder war im Hause, außer Alex! Seine Erbitterung, seine Drohung – ich – ich mußte ihn retten; denn wenn er auch das getan hatte, wenn er bis zur Blutschuld gesunken war – er war und blieb mein Kind, das ich vor dem elendesten Schicksal bewahren mußte. Weil er mir nicht schrieb, ertrug ich es nicht mehr, ich mußte zu ihm – und du weißt, wie mein Weg endete.«

»Du hast dich umsonst geängstigt. Nein, nein, der Mörder war er nicht! Ich traf ihn doch noch am Tage nach jener unseligen Tat im Stadtpark am Goldfischteich, und wie er da zu mir sprach, wie er sich selbst anklagte, sein Leben verdorben zu haben, so redet ein Unglücklicher, aber kein Verbrecher. Du darfst meinem Gefühl, meinem Glauben vertrauen.«

»Irma! Die Zweifel marterten mich unsäglich! Die Mutter eines Mörders, des Mörders meines Gatten; das lag wie ein Fluch auf mir.«

Da hob Irma den Kopf und blickte mit den großen, graublauen Augen die verängstigte Frau an: »Sein Herz ist gut. Nur zweimal sah ich ihn, das erstemal als meinen Retter und dann als einen Unglücklichen, der seine Schuld offen aussprach; meine Hilfe mit Geld, wofür ich selbst für meine Rettung danken zu müssen glaubte, wies er von sich. Glaubst du, das hätte ein Mörder getan? Nein. Was auch kommen mag – ich weiß es nicht – aber dann kann nur der Schein gegen ihn sprechen. Wir beide verzweifeln nicht an ihm, wir glauben ihm, und – nicht wahr – wir wollen ihn auch suchen, bis wir ihn finden und ihm helfen, aber so, daß er Freude an seinem Leben hat, daß er auch wieder froh werden kann.«

»Irma –«

Und dann erstickte die Stimme der armen, gepeinigten Frau; Tranen flossen über ihre hageren Wangen, und zärtlich umschlang sie die Tochter, die sie erst in dieser Stunde als ihr Kind gefunden hatte, mit anschmiegender Zutraulichkeit.

»Das wollen wir! Laß die anderen ihre Schuldigkeit tun; sie müssen den Mörder finden, denn ich glaube an gerechte Vergeltung. Ihn aber kann vielleicht der Schatten eines Verdachtes streifen, den wirklichen Mörder wird doch die Sühne ereilen.«

»Den Glauben gibst du mir, Irma. Was ist es, das dir solchen Glauben verlieh? Ich als seine Mutter zweifelte an ihm, in meiner Verzweiflung gab ich ihm schon den fluchwürdigen Namen eines Mörders, und dich beseelte unerschütterliches Vertrauen. Was kann es sein, das dich stärker und gläubiger machte als seine Mutter?«

Irma schwieg; sie fand keine Antwort; aber eine Regung stieg in ihr auf, die ihre Wangen mit heißer Glut übergoß. Sie hatte von ihrem Retter als einem Helden geträumt, und da war zögernd etwas Neues, Ungeahntes in ihrem Herzen als reife Knospe aufgebrochen – die stille, sehnende Liebe, die erst ein tastendes Ahnen ist.

Aber wenn Irma auch schwieg, Frau Hermine im weißen Haar, die Frau, die schon so viel erduldet hatte, die auch die geheimen Regungen im Herzen mehr verstand, nickte jetzt und sagte in gläubigem Vertrauen, das sie erst durch die Worte der neugewonnenen Tochter gefunden hatte: »Es wird alles gut werden, Irma! Jetzt ist mir leicht geworden. Ich wage zu hoffen, und dir danke ich dafür.«

Und diesmal sagte Irma nicht mehr: »Arme Mutter«, sondern: »Gute Mutter!«

*

Staatsanwalt Doktor Henning stand vor seinem Schreibtisch und blätterte in den neu eingelaufenen Akten, als es an der Türe pochte; er hob den Kopf und rief eine Aufforderung zum Eintreten.

Eine noch jugendliche Frauengestalt trat ein. Nahe bei der Türe blieb sie stehen.

Der Staatsanwalt fragte nach ihren Wünschen.

Ein Lächeln zog über den breiten Mund des Mädchens. »Ich habe gelesen, daß der tausend Mark Belohnung bekommen soll, der über den Mord an dem Herrn Walter Eller Angaben machen kann.«

»Wenn sich auf Grund einer Zeugenaussage der Mörder finden läßt, wird nach der Verurteilung das Geld ausbezahlt. Glauben Sie, eine solche Aussage machen zu können?«

»Das glaube ich.«

»Wer sind Sie?«

»Ich heiße Emmi Brandhofer und bin Zofe in der Villa Eller.«

»Aber da wurden Sie doch schon von dem Inspektor vernommen. Haben Sie dabei nicht alles angegeben, was Sie wußten?«

»Ja, der Kriminalbeamte hat mich wohl gefragt. Aber gerade danach nicht, wovon ich jetzt noch sprechen könnte. Ich habe nicht daran gedacht, daß es so wichtig sein könnte.«

Der Staatsanwalt setzte sich an den Schreibtisch, rückte einen Notizblock heran, griff nach einer Bleifeder und fragte: »Was wissen Sie? Haben Sie den Mörder gesehen und beobachtet?«

»Nein.«

»Wissen Sie, wer der Mörder sein kann?«

»Nein.«

»Was wollen Sie dann mitteilen? Warum kamen Sie hierher?«

»Ich weiß, wer den Mörder in die Villa eingelassen hat; ich habe es selbst gesehen, wie sie die Türe nach dein Garten aufsperrte.«

»Wer soll das gewesen sein?«

»Frau Hermine Eller. Ich hab' sie von der Treppe aus deutlich erkannt.«

»Sie sprechen doch nicht von der Gattin des Ermordeten?«

»Jawohl! Ich habe sie gesehen; ich wollte ja anfangs auch nicht recht daran glauben, aber ich denke darüber jetzt anders.«

Doktor Henning nahm diese Angaben mit starkem Zweifel auf, munterte aber das Mädchen zu weiterer Aussage an, wie es die Pflicht ihm auferlegte. »Erzählen Sie nur ausführlich, was Sie alles beobachtet haben.«

Die Zofe begann zu berichten, worüber sie bereits in der Küche geplaudert hatte.

Der Staatsanwalt notierte die Einzelheiten dieses Berichts.

*

»Sie haben nun gehört, weshalb ich Sie kommen ließ; es ist dies eine so unerwartete Wendung, daß wohl niemand darauf vorbereitet war. Sie können das Protokoll, das ich über die entscheidende Zeugenaussage machte, selbst nachlesen.«

Damit reichte Doktor Henning dem Kriminalinspektor das Schriftstück, das Wisent schweigend nahm und aufmerksam las. Er legte es dann wieder zurück und blieb noch immer still.

Dies Schweigen machte den jungen Staatsanwalt ungeduldig, der nun mit gehobener Stimme erklärte: »Wie urteilen Sie darüber? Die Zeugin hat sicherlich die Wahrheit gesagt und erklärte sich bereit, ihre Aussage zu beschwören. Geirrt kann sie sich nicht haben, denn eine Verwechslung mit einer anderen Person ist ausgeschlossen.«

Der Kriminalinspektor erwiderte zögernd: »Daran ist nicht zu zweifeln, daß die Zeugin gesehen hat, was sie angab.«

»Es stimmt auch die Zeit. Gegen halb zehn machte sie diese Beobachtung, und gegen zehn wurde der Mord begangen.«

»Die Zeit würde allerdings stimmen.«

»Dann müssen wir in der Gattin des Ermordeten die Mitschuldige suchen. Das ist doch klar.«

Nach kurzem Besinnen erklärte der Inspektors »Das möchte ich noch nicht ohne weiteres annehmen.«

»Wem sollte sie die Türe sonst geöffnet haben?«

»Das weiß noch niemand. Wir haben nur gehört, daß Frau Hermine Eller in dieser Nacht die Gartentüre öffnete; ob sie den Mörder einließ, ist noch nicht erwiesen.«

Doktor Henning, den der begreifliche Eifer ansporrnte, in diesem ersten größeren Fall, der ihm zur selbständigen Behandlung zugewiesen war, eine baldige, entscheidende Lösung zu erreichen, antwortete darauf etwas ungeduldig: »Meiner Ansicht nach kann gar kein Zweifel bestehen! Wen sollte sie sonst eingelassen haben? Und warum hat sie das bisher verschwiegen, trotzdem sie wissen mußte, von welcher Bedeutung das sein würde?«

Inspektor Wisent verlor seine Ruhe nicht; er antwortete mit bedächtiger Langsamkeit: »Die Spuren wiesen darauf hin, daß zwei Menschen im Bereich der Villa waren. Von den zweien kann nur einer der Mörder gewesen sein. Warum soll die Frau gerade dem Mörder geholfen haben?«

»Aber sie hat die Gartentüre aufgeschlossen.«

»Das ist eine Frage für sich. Vielleicht hat sie einen uns Unbekannten eingelassen.«

»Sagen wir, sie hat einem Unbekannten heimlich das Tor geöffnet, kurz vor dem Zeitpunkt, in dem der Mord erfolgte; sie hat darüber geschwiegen, was sicher nicht geschehen wäre, wenn es sich um einen harmlosen Vorgang handelte. Sie schwieg, weil sie offenbar den Unbekannten vor der Entdeckung schützen will. Die Gefahr der Verschleierung des Sachverhaltes rechtfertigt den Haftbefehl. Und wenn der, den sie einließ, eine harmlose Person gewesen wäre, dann hätte er sich längst als Zeuge melden müssen. Ich für meine Person bin vom Gegenteil überzeugt.«

»Aus welchem Anlaß sollte die Frau mitschuldig geworden sein?«

»Der Ermordete hinterließ ein Millionenerbe.«

»Dann war der Raub des Opals sinnlos.«

»Der könnte geschehen sein, um die Nachforschungen zu verwirren. Bis jetzt ist noch nichts Gegenteiliges erwiesen. Oder wissen Sie Besseres?«

»Nein.«

»Haben Sie eine andere Spur?«

»Ich suche immer noch die Schriftzeichen auf dem Papier zu enträtseln.«

»Ich aber bin entschlossen, vorzugehen. Für mich als Staatsanwalt ist die Zeugenaussage bestimmend.«

»So wollen Sie einen Haftbefehl erlassen?«

»Ja. Wegen Verdacht der Mitschuld an dem Verbrechen und der Gefahr der Verschleierung und Verschleppung.«

Inspektor Wisent richtete sich hoch auf, als er erwiderte: »Dann ersuche ich den Herrn Staatsanwalt, die Ausführung des Haftbefehls einem anderen Beamten zu überlassen; ich kann nicht gegen meine Überzeugung handeln.«

Einen Augenblick kniff Doktor Henning ärgerlich die Lippen zusammen, die Ränder seiner Mensurnarben röteten sich; dann zog er die Schultern hoch. »Ich kann Sie nicht nötigen, aber ich werde nach meiner Überzeugung handeln. Jedenfalls ist bisher schon zu viel Zeit vergangen und nichts erreicht worden.«

Der Kriminalinspektor schwieg.

Ärgerlich fügte der Staatsanwalt hinzu: »Mehr habe ich Ihnen nicht zu sagen.«

*

Sabine Buchar erschrak bei jedem Geräusch; wenn ihr Onkel ins Zimmer trat, wenn eine der Doggen bellte, wenn die Glocke der Gartentüre rasselte, wenn im Baumgarten dürres Laub unter ihren Schritten raschelte, immer duckte sie sofort den Kopf. Scheu war ihr Blick. Sie trug ein Geheimnis in sich, wovon sie nicht zu sprechen wagte; es war ihr, als schaute sie immer wieder die hocherhobene Hand Arnold Buchars, die zwischen Daumen und Zeigefinger den Opal leuchten ließ. Wie ein Gespenst verfolgte sie die Erinnerung daran. Was er von dem Kristall erzählt hatte, war offenbar nur zur Täuschung für sie bestimmt gewesen. Sie war zu keinem anderen Entschluß gekommen, als vorerst schweigend zu warten. Aber das Schweigen fiel ihr schwer. Am ersten Morgen nach ihrer Entdeckung hatte sie kaum einen Gruß über die Lippen bringen können, als der Onkel zum Frühstück kam. Ihr war nicht entgangen, wie er sie lauernd beobachtete; und sie durfte sich nicht verraten.

Ihr Mißtrauen aber entdeckte jetzt immer mehr; schon das erste Zimmer von den dreien, in denen sich der Onkel zumeist aufzuhalten pflegte, war jetzt stets versperrt; wenn sie etwas fragen wollte, mußte sie erst läuten.

Wie sollte das noch werden, und was mußte sie tun? – Auf all diese bangen Fragen fand sie keine Antwort; sie konnte zu keinem Entschluß gelangen und durfte in ihrer Unsicherheit nirgends um Rat fragen. Hier gab es niemand, dem sie vertrauen durfte. Der einzige Mensch, den sie liebte, bei dem sie in jeder Not Hilfe gesucht hätte, dem sie in allem vertraut haben würde, war in dieser Sache mitbeteiligt. Ihn zu fragen wäre so gut wie eine Anklage gewesen. Ihren Onkel, von dem sie so viele Wohltaten empfangen, konnte sie doch nicht beschuldigen. Wenn sie auch kaum mehr zu zweifeln wagte, daß er mit der Tat irgendwie in Zusammenhang stand. Nur den Mut zur Beschuldigung konnte sie nicht finden. Schweigen mußte sie; denn wenn sie redete, würde damit nicht auch das Glück ihrer Liebe zusammenbrechen?

Sabine verbrachte den Tag halb im Traum, in trübem Grübeln und Sinnen; ohne Anteil arbeitete sie in der Küche, deckte den Tisch, aß auch, war aber immer mit ihren Gedanken weit fort.

Und als an diesem Tage der Geliebte nicht kam, als er nur einen Eilbrief schickte, in dem er sein Fernbleiben entschuldigte, da atmete sie erleichtert auf. Wieder ein Tag gewonnen. –

Und wie dieser Tag schleppte sich für Sabine der nächste hin. Als sie dann das schrille Läuten der Glocke hörte, zur Stunde, um die der Geliebte sonst zu kommen pflegte, da mußte sie erst die Hand gegen das heftig pochende Herz drücken. Dann öffnete sie.

Doktor Henning stand draußen; er begrüßte sie fröhlich. »Endlich wieder da! Zürnst du mir nicht, daß ich gestern nicht kommen konnte?«

Sabine sah seine lachenden, schwarzen Augen, hörte die helle, muntere Stimme, und sie mußte sich zwingen, harmlos zu erscheinen. Sie lachte; aber es klang nicht so unbefangen wie sonst.

»Wenn du nur heute da bist, und wenn du mich nur nicht vergessen hast,« sagte sie.

»Darüber sollst du dich nicht sorgen, hätte ich mehr Zeit, ich käme so oft, daß ich dir eher lästig werden könnte,« antwortete er scherzend.

»Lästig? Das wirst du mir nie.«

Und sie dachte, ob er wohl ebenso sprechen würde, wenn er es wüßte, was sie im Innern verbarg?

Mußte sie es ihm nicht doch sagen, wenn sie in ihrer Liebe ehrlich bleiben wollte? Aber dann wurde sie zum Verräter an dem Menschen, von dem sie bisher nur Wohltaten empfangen.

Vielleicht aber entdeckte man den Mörder nie.

Und im Frühling, wenn sie eine junge Frau wurde, dann kam sie aus diesem düsteren Hause fort, und niemand wußte dann etwas. Nur vor einem Gedanken bangte sie: Wenn ein Schuldloser angeklagt werden sollte!

Wie sonst immer saßen die beiden in der Laube; da faßte Doktor Henning plötzlich ihre Hand: »Sabine, was ist heute mit dir? Du bist so zerstreut, du gabst mir ja eine ganz verkehrte Antwort.«

Sie schreckte zusammen; sie hatte seine letzte Frage gar nicht gehört; aber sie durfte nichts gestehen, von ihren Gedanken nichts verraten. Lieber lächeln, mochte es auch noch so schwer sein! So versuchte sie mit einem Scherz zu antworten: »Glaubst du denn, daß ich gar keine Sorgen habe? Ich weiß nicht, ob ich erst Tomaten oder Bohnen einkochen soll.«

»Das sind allerdings schwere Gewissensfragen; meine Sorgen sind einfacher. Tomaten oder Bohnen? Die Aufgaben der Hausfrau. Schuldig oder nicht schuldig, Mörder oder nicht? Darüber soll ich entscheiden.«

Als die Zeit verstrichen war, und Doktor Henning sich zum Gehen schickte, erklärte er nochmals: »Ich kann nicht sagen, woran es liegt, aber mir schien es, als wärest du heute verändert gewesen. Doch – doch, wenn du auch noch so eifrig den Kopf schüttelst. Du hast nicht einmal danach gefragt, weshalb ich gestern nicht kommen konnte.«

»Du hast es doch geschrieben, daß du beschäftigt seiest.«

»Ja. Ich mußte eine wichtige Entscheidung fällen, einen Entschluß fassen, der nur nicht leicht fiel.«

»In dem Verbrechen an Walter Eller?«

Er bemerkte nicht, wie bei der Frage ihre Lippen blasser wurden.

»Ja. Eine neue Zeugenaussage ist gemacht worden, dadurch wurde ich zu schnellem Handeln gedrängt. Die entscheidende Spur ist entdeckt.«

Angstbeklommen sah sie ihn erwartungsvoll an. »Wird man den Mörder finden?«

»Eine Mitschuldige ist angegeben worden, und gegen diese mußte ich einen Haftbefehl erlassen. Jetzt, während wir plaudern, wird der Haftbefehl vielleicht schon vollzogen.«

Sabine fragte beklommen – »Eine Mitschuldige ...?«

»Ich konnte durch die Zeugenaussage feststellen, daß die Gattin des Ermordeten, seine zweite Frau, dem Mörder die Villa öffnete; sie hat ihn eingelassen.«

»Die Frau des Ermordeten, sagst du? Das kann nicht sein – sie – sie ist gewiß schuldlos.«

Doktor Henning, der an den Widerstand dachte, den er bei Inspektor Wisent gefunden hatte, fuhr etwas ärgerlich auf: »Ein Urteil darüber mußt du schon mir überlassen, Sabine! Die Frau ist irgendwie in die Schuld verstrickt. Ein so großes Erbe erlangen zu können, hat schon viele zum Verbrechen getrieben.«

»Aber Frank, Irrtum ist doch möglich.«

»Wir werden uns darüber nicht streiten. Reden wir von anderen Dingen.«

»Ich meine nur, wenn doch ein Irrtum ...« begann Sabine wieder.

Da wurde er aber ernstlich ungeduldig. »Laß das! Man meinte, du wüßtest am Ende mehr als ich; kannst du den Mörder nennen?«

»Nein.«

»Dann ereifere dich nicht unnötig. Liebste!«

Er wollte nichts mehr hören; was dann noch gesprochen wurde, klang gesucht und erzwungen, und der Abschied war diesmal nicht so herzlich wie sonst. Doktor Henning fühlte sich verärgert, weil er Widerspruch gefunden, wo er Zustimmung erhofft hatte. Wieder dachte er an die Ablehnung des Kriminalinspektors.

Als Sabine allein war und durch den Garten nach dein Hause zurückging, blieb sie mitten im Wege stehen. »Eine Schuldlose wird man quälen. Und ich allein könnte es sagen, ich allein weiß es. Was soll ich tun?«

Den Kopf gesenkt, die Augen hilflos auf den Boden gerichtet, ging sie durch den Garten in das Haus zurück.

*

Inspektor Wisent saß in seinem Wohnzimmer vor einem alten Sekretär aus Kirschholz; eine Tischlampe bestrahlte die grüne Tucheinlage mit hellem Schein und beleuchtete eine Reihe von Papieren, auf die eine Menge der verschiedensten Buchstabenkombinationen geschrieben waren, bald wieder durchstrichen, überschrieben und wieder durch andere ersetzt. Es war ein hübsches Wohnzimmer mit alten, gediegenen Möbeln; eine kleine Standuhr tickte laut. Altväterische Gardinen und Bilder gaben dem Raum ein behagliches Aussehen.

Der Kriminalbeamte stützte sich mit beiden Ellbogen auf die Kante des Schreibtisches; die Innenfläche der Hände preßten sich gegen die Schläfen, als wollten sie dem Kopfe das letzte an Gedanken und Kombinationen erpressen. Seine Augen ruhten auf dein bedeutsamen Papierstreifen mit der rätselhaften Buchstabenreihe. Seit drei Nächten mühte sich Wisent an der Entzifferung dieser Geheimschrift.

Die Uhr schlug mit silberhellem Klang die zehnte Stunde. Aufstöhnend lehnte sich der Inspektor in seinen Stuhl zurück. Er mußte ausruhen, wenn er frisch bleiben wollte; er war nun ja schon fast am Ziel, denn seine Kombinationen hatten sich allmählich doch als richtig erwiesen. Zu einem Abschluß aber mußte er möglichst bald gelangen.

Er wußte ja, daß der Staatsanwalt auf Grund der Anzeige jener Zofe einen Haftbefehl gegen Frau Hermine Eller ausgestellt hatte, der am kommenden Tage durch den Kriminalkommissar Schmend vollzogen werden sollte.

Wisent war durch die Aussage der Zeugin noch nicht überzeugt; er hatte Beweise dafür, daß mindestens zwei Menschen in jener Nacht in der Villa gewesen waren; dies hatten die Spuren im Garten und genaue Messungen und Vergleiche ergeben. Welche Spur die des Mörders sein konnte, war nicht zu erraten.

Ob der eine, der die für ihn geöffnete Gartentüre zum Eintritt in die Villa benützt hatte, das Verbrechen ausgeführt, war nicht zu beweisen. Der Inspektor glaubte daran, daß dieser mit dein Mord nichts zu tun hatte, sondern daß ein anderer durch das Fenster eingedrungen war; er hatte bei seinen wiederholten Untersuchungen im Zimmer des Ermordeten, vor allem bei einer Prüfung der offenstehenden Fenster, von denen das eine nach dem Glasdache der Gartenterrasse mündete, Feststellungen gemacht, die zuerst geringfügig schienen, aber doch bedeutsam sein konnten. Auf dem Glasdache waren in dem grauen Schmutz, der darauf lag, einige verwischte Eindrücke, die – wenn sie nicht zufällig waren – nur von bloßen Füßen herrührten; ein gewandter Mensch aber konnte leicht auf das Glasdach gelangen und von diesem auch den Sprung nach dem Fenster wagen. Bei Nacht war dies allerdings gewagt, und nur ein Mensch, der das Äußerste zu tun entschlossen war, konnte es versuchen.

Wenn auch seine Wahrnehmung noch sehr fraglich war, so erschien Wisent die Auffassung des Staatsanwaltes doch bedenklich; für eine Mitschuld der Witwe lag in der Aussage der Zeugin allein keine Begründung, solange nicht bewiesen wurde, welche der Spuren die des Mörders waren. Dazu konnte der im Zimmer gefundene Papierstreifen führen, der mit dem Stein vom Garten unten in das Fenster geworfen wurde. Wenn ihm diese Lösung endgültig gelang, dann konnte er noch eingreifen, ehe eine Schuldlose verhaftet wurde. Er wollte verhindern, daß ein Schuldloser unter einem verhängnisvollen Irrtum leiden sollte.

Wieder beugte er sich über seinen Tisch und grübelte weiter. Schon nach der ersten Prüfung war er überzeugt, daß die wenigen darin vorkommenden Konsonanten bedeutungslos sein mußten und nur Wortabschnitte andeuteten; die Mitteilung schien aus wenigen Worten zu bestehen. Beim Zählen der Buchstaben hatte er gefunden, daß man für jedes Wort eine gerade Zahl von Buchstaben gewählt haben mußte. Er stellte die am häufigsten vorkommenden Buchstaben zusammen und versuchte damit eine Gruppierung.

Auffallend war, daß die Reihe von vier Vokalen fünfmal wiederkehrte.

Immer wieder versuchend, unermüdlich trotz aller Fehlschläge, gewann er endlich eine Lösung.

Gegen zwölf Uhr war ihm die Entzifferung des Papierstreifens gelungen; sie lautete: »Hüte dich vor Wischnu. Er sucht dich, ich sah ihn und erkannte ihn.«

Wisent lehnte sich im Armstuhl zurück und grübelte weiter.

Das war eine Warnung, die, für den Ermordeten bestimmt, durchs Fenster geworfen wurde. Aber von wem? Er dachte an das Grauen, mit dem der alte irische Diener von Wischnu gesprochen hatte, der an die Rache des Götzen glaubte. Diese Warnung war im Zimmer gelegen; diese dunkle Ankündigung, die schützen wollte. Aber die Warnung hatte noch den Ansatz: »ich sah ihn und erkannte ihn.«

Wer dieses Blatt hineingeworfen hatte, konnte er der Mörder sein? Und wer war der Warner?

Der Inspektor erhob sich. Die kleine Uhr schlug Mitternacht. Wisent murmelte vor sich hin: »Für heute ist es genug. Der alte Diener muß noch mehr erzählen. Dann wird erst die schwerste Arbeit kommen. Aber ich bin sicher auf dem rechten Weg.«

*

»Mutter, was soll das?«

Irma Eller war eben in die Diele der Villa gekommen und sah Frau Hermine, die ihr einfaches Straßenkleid trug und ein Seidentuch um das weiße Haar gelegt harte, und einen Fremden, dem sie folgte.

Dieser Fremde war von untersetzter, muskulöser Gestalt mit schwarzem, kurzem Vollbart, der eben die Türe zur Villa hinaus öffnen wollte.

Frau Eller blickte überrascht auf; dann lächelte sie und sagte harmlos: »Ach, du bist es, Irma. Es ist nichts Schlimmes.«

»Der alte Diener sagte mir, ein Herr von der Polizei –«

Da unterbrach sie Frau Hermine: »Herr Kriminalkommissar Schmend ...«

Irma blickte nicht zu ihm hin und fragte unruhig: »Wo willst du hin?«

»Der Herr Kommissar hat einen geschlossenen Wagen mitgebracht und mich gebeten, ihm ohne Aufsehen zu folgen.«

»Warum? Kann er nicht fragen, wenn er etwas wissen will? Mama, was geht hier vor?«

Sie eilte zu Frau Hermine hin, umschlang sie mit beiden Armen und blickte sie bittend an.

Mit sanfter Gewalt suchte sich Frau Hermine freizumachen. »Du sollst dich nicht erregen, Irma.«

»Ich gehe mit dir!«

»Das ist nicht möglich, Irma, du mußt dich damit abfinden, wie ich es auch schon getan habe.«

»So sag mir doch die Wahrheit. Es geschieht hier etwas, was ich nicht wissen soll.«

Frau Eller bemühte sich zu lächeln. »Es fand sich ein Zeuge, der gesehen hat, daß ich in jener Unglücksnacht die Gartentüre aufsperrte und jemand eingelassen habe. Deshalb holt man mich. Man sieht in mir eine Mitschuldige, die dem Mörder das Eindringen erleichterte, die ihn rief und schützte.«

»Das ist nicht wahr! So sag es doch! Wie kann ein solcher Verdacht ernst genommen werden. Das ist nicht wahr! Sagen Sie doch, Herr Kommissar, daß dies nicht denkbar ist.«

Das erregte Mädchen sah den Kommissar an, der wartend an der Türe stand. Der zog die Schultern hoch und erklärte: »Ich habe nur meine Pflicht zu tun.«

»Sie dürfen nicht – Sie dürfen meine Mutter nicht wegführen.«

Frau Hermine sagte beruhigend: »Still, Kind! Der Schein spricht gegen mich. Es wird sich zeigen, daß es ein Irrtum ist. Ich füge mich.«

»Wo sollst du hingebracht werden?«

»Es ist nichts so schlimm, daß man es nicht ertragen könnte. Der Herr Kommissar hat einen Haftbefehl auszuführen.«

»Ins Gefängnis? – Mutter!«

»Sei ruhig! Es kann nur für Stunden sein, kaum mehr als ein Tag. Ich habe oft im Daunenbett kein Auge zu schließen vermocht, warum soll ich eine Nacht nicht auch anderswo verbringen können? Machen wir es uns beiden nicht zu schwer, vielleicht bin ich bald wieder da, vielleicht in einer Stunde schon ...«

»Ich kann nicht daran glauben ...«

»Eine Prüfung, Irma.«

Frau Hermine küßte die Lippen des Mädchens und eilte zur Türe hin, um rasch ein Ende zu machen.

Ein letzter Ruf Irmas hielt sie nicht mehr zurück; Frau Hermine wußte, daß der Kriminalbeamte seinen Befehl ausführen mußte, daß nur der Schein gegen sie sprach, weil erst durch einen Zeugen ihr nächtliches Verhalten festgestellt wurde, weil sie bisher darüber geschwiegen, was sie sofort hätte erzählen sollen. Daß diese Wendung kam, war ihre eigene Schuld, die Folge ihres Schweigens und ihres Zweifels an ihrem Sohn. Es konnte nur ein Irrtum sein, der sich bald klären mußte.

Schwerer noch als Frau Hermine litt Irma; sie schaute noch durch die Türe, als Frau Hermine in den geschlossenen Wagen stieg und mit der Hand winkte, als gelte es nur eine kurze Fahrt. Dann eilte Irma auf ihr Zimmer; dort sank sie vor der Ottomane auf die Knie und barg ihr Gesicht in ein Kissen.

Doch das Weinen brachte ihre keine Ruhe. Sie sprang wieder empor; sie wollte helfen, mußte helfen. Aber was konnte sie tun? Kannte sie einen Menschen, dem sie vertrauen durfte?

Im rastlosen Hasten ihrer Gedanken erinnerte sie sich, daß selbst in ihr einmal die Zweifel stärker als das Vertrauen gewesen waren, als sie das Gespräch in der Küche erlauscht hatte und dann in der Nacht der Mutter nachgeschlichen war. Und wie damals der Zweifel über sie Macht gewonnen, so war es um so begreiflicher, daß andere, die das Herz der Frau nicht kannten, um so leichter irre werden mußten.

Nur einer – Alex konnte ihr helfen. Wenn er kommen würde und sagte, ihm habe sie geöffnet, dann war Frau Hermine gerettet. Doch wo mochte er sein? Wo mochte er sich aufhalten, der nicht einmal ahnte, was in jener Nacht noch geschehen war?

Irma fand im Hause keine Ruhe. Rastlos trieb es sie von einem Zimmer ins andere und wieder zurück, dann in die Diele und in den Garten; sie mußte fort, hinaus, um alle Ruhelosigkeit zu betäuben.

Irgend ein Weg, eine Möglichkeit mußte gefunden werden, um Frau Hermine aus ihrer Schmach zu befreien.

Bald war sie umgekleidet und hastete ziellos durch die Straßen; sie kümmerte sich weder um Zeit noch um Wege; sie hatte keine Empfindung dafür, wo sie augenblicklich weilte. In den Stadtpark geriet sie; zu der Bank am Goldfischteich kam sie; aber nur einige Kinder saßen dort; durch die Hafengasse schlenderte sie und erreichte wieder den Park. Daß es dunkelte, darauf achtete sie nicht. Sie war in ihrem ruhelosen Irren in die südliche Vorstadt gekommen. Dort überwältigte sie so verzweifelte Müdigkeit, daß sie ausruhen mußte; die Füße schmerzten sie. Als sie an einer kleinen Vorortwirtschaft vorüberkam, vor der ein kleiner Garten lag, in dein alte, mächtige, breitkronige Kastanien standen, die schon das farbenprächtige Herbstkleid angelegt hatten, ging sie hinein und setzte sich.

Eine Kellnerin erschien und fragte nach ihren Wünschen.

Irma ließ sich ein Glas Milch bringen und starrte in das farbige Herbstlaub. Blätter fielen raschelnd zur Erde.

In ihrem Grübeln vernahm sie die Klänge eines Klaviers aus einem offenen Fenster der Gartenwirtschaft. Das Klavier war abgebraucht, aber der hier spielte, besaß einen weichen Anschlag und eine staunenswerte Technik. Irma lauschte, und allmählich wurde sie frei von den beklemmenden Sorgen und Ängsten. Sie, die selbst eine ausgezeichnete musikalische Ausbildung erhalten hatte, sann über dieses Spiel nach; manchmal erinnerten sie einzelne Stellen an Brahms, an Pfitzner, dann einige Sätze an Grieg, aber doch waren es eigene Phantasien.

Wie sie nun lauschte, da nickte ihr die Kellnerin zu und sagte: »Nicht wahr, er spielt gut. Das ist unser neuer Gesangsmeister von der Liedertafel; die Herren kommen ja immer später; der Herr ist meist schon eine Stunde früher da und spielt für sich allein.«

Zerstreut hörte Irma zu.

»Er spielt gut, ja.«

»Dabei braucht er nicht einmal Noten.«

»Wie heißt er?«

»Wir nennen ihn Herr Alex. Wie er sonst heißt, das weiß ich nicht.«

Als Irma diesen Namen hörte, horchte sie auf. Alex! Sollte es möglich sein, daß der Zufall sie hierher geführt hatte, um ihn wiederzufinden?

»Wer ist dieser Herr Alex?«

»Es scheint ihm bisher nicht gut gegangen zu sein. Er sieht ärmlich aus, und er ist gewiß ein Künstler. Ich verstehe ja nicht viel davon, aber das hört man doch heraus.«

Da stand Irma auf; sie mußte ihn sehen.

Der kleine Garten war bald durchquert; ein Flur, eine Türe, dann konnte sie in das Zimmer sehen, in dem der Spieler, der ihr den Rücken zuwandte, am Klavier saß.

Beim Geräusch ihrer Schritte wandte er sich um; sie erkannte sofort dies hagere Gesicht mit der hohen Stirne, mit den großen, dunklen Augen und den starken Knochenwülsten über den Brauen.

Aber auch er hatte sie erkannt; die Melodie verstummte, und er sprang auf.

»Sie? Sie finde ich hier?«

»Das Schicksal will es, Herr Martini.«

Da furchten sich seine Brauen. »Woher kennen Sie diesen Namen?«

»Ich weiß alles! Ich komme eben recht, um Ihnen zu sagen, wie Ihre Mutter um Ihretwillen in Angst lebte, wie sie um Ihretwillen gelitten hatte, und wie sie jetzt wieder nur um Ihretwillen die bitterste Schmach erduldet.«

»Um meinetwillen?«

»Ja. Wissen Sie denn nicht, was in der Nacht geschah, in der die Mutter Ihnen heimlich öffnete?«

»Auch das wissen Sie? Was soll da geschehen sein?«

»In der gleichen Nacht ist in der Villa der Mann Ihrer Mutter ermordet worden.«

»Mein Gott – ich – ich wollte eben hinaus, als er die Treppe empor kam. Ich mußte mich in ein Zimmer stehlen, in dem ich mich hinter einem Vorhang verkroch. Und da trat er in den gleichen Raum, in dem es allerdings dunkel war. Aber er blieb nicht dort, er ging durch eine zweite Türe in das nächste Zimmer, so daß ich unbemerkt wieder hinauskam. Aber in den Sekunden habe ich erst das Verzweifelte und Beschämende meiner Lage empfunden und er – was sagen Sie – man hat ihn in der Nacht ermordet?«

»In dem Zimmer, in das Sie ihn gehen sahen.«

Alex zuckte zusammen; er fuhr sich mit der Hand über die Stirne und rief: »Jetzt ahne ich erst alles! Und auf mich muß der Verdacht fallen. Ist es nicht so? Und die Mutter selbst fürchtete es – denn ich – ich gelte nicht viel mehr als ein Lump – «

Hastig unterbrach sie ihn: »Das ist nicht wahr! Sie sollen diese häßlichen Selbstanklagen nicht immer wiederholen. Ich habe es nicht geglaubt; vom ersten Augenblick an hielt ich sie nicht für wahr.«

»Sie – ja, Sie sind anders – aber ich bin doch nicht wert, daß Sie gut von mir denken.«

»Sie sollen nicht so häßliche Worte brauchen. Ihre Mutter hat es auch nicht geglaubt, aber weil sie geschwiegen hat, weil sie Ihren Namen nicht preisgeben wollte, deshalb hat man sie heute verhaftet – weil die Mutter schweigen zu müssen glaubte um Ihretwillen.«

»Wie kann ich ihr helfen?«

»Sie müssen mitgehen, Sie müssen erklären, daß sie Ihnen öffnete.«

»Ja. Ich gehe mit! Ich kann nicht mehr hier bleiben. Aber Sie – wer sind Sie, daß Sie so viel wissen?«

»Die Tochter – die Stieftochter Ihrer Mutter. Mir hat sie alles Leid geklagt – und ich habe Sie nicht verurteilen können –«

»Bin ich noch so viel Vertrauen wert?«

»Beweisen Sie es! Erst gilt es die Mutter zu retten.«

»Ich komme mit. Und ich kann alles erklären, was ich erlebte.«

Er folgte, ohne daran zu denken, daß er damit seinen mühsam gewonnenen Erwerb verscherzte.

*

Die Verhaftete blieb auf alle Fragen bei der Erklärung, daß sie in der Nacht eine Unterredung mit ihrem Sohne aus erster Ehe gehabt habe, die deshalb heimlich stattfand, weil niemand von ihm etwas wissen sollte. Und weil sie wußte, daß ihr Sohn den Mord nicht begangen haben konnte, und weil sie ihn nicht zwecklos in die Untersuchung ziehen wollte, deshalb sei es ihr nicht nötig erschienen, davon zu sprechen.

Der Staatsanwalt hatte für die Abendstunde dieses Tages den Kriminalkommissar Schmend in seine Privatwohnung bestellt, um sich alles noch berichten zu lassen. Doktor Henning trug einen Hausrock mit bunten Schnüren und helle Lederschuhe; er lehnte in einem Stuhl und sah den Rauchringen einer Zigarette nach. Gleichgültig erklärte er: »Das ist eine Ausrede, wie wir sie immer zu hören bekommen. Weshalb durfte von diesem Sohn aus erster Ehe niemand wissen? Und wenn sie wirklich überzeugt war, daß der Eingelassene völlig unbeteiligt sei, dann konnte sie doch darüber sprechen.«

»Sie hielt es nicht für nötig, da es sich nur darum handelte, den Mörder zu entdecken, und ihr Sohn konnte doch nicht als verdächtig gelten.«

»Da hat sie das Gegenteil von dem getan, was kluge Menschen gewählt haben würden. Machte sie keinen Versuch, etwas zu verbergen, als sie Ihnen folgte?«

»Nein. Sie blieb ruhiger, als ich dachte.«

»Sie haben sich den Namen und die Adresse dieses Sohnes aus erster Ehe geben lassen? Haben Sie diesen nicht am Abend noch aufgesucht und befragt?«

»Das konnte ich nicht, denn sie wußte nicht, wo er zu finden sei, sie konnte seine Wohnung nicht angeben.«

Mit ironischem Lächeln antwortete Doktor Henning: »Damit sind wir bei dem großen Unbekannten, von dein alle Angeklagten erzählen. Den Sohn aus ihrer ersten Ehe will sie eingelassen haben, von dem sie nun nicht einmal anzugeben vermag, wo er zu suchen sein soll. Mir scheint, daß wir ihn finden müssen. Dann haben wir den Mörder. Es ist gut, daß Sie den Haftbefehl sofort vollzogen, denn sicher würde sie ihn gewarnt haben. Ich will mir morgen die Verhaftete vorführen lassen, um zu hören, was sie mir von dem unbekannten Sohn zu erzählen weiß.«

Ganz ruhig blieb Doktor Henning indessen doch nicht, als der Kommissar Schmend gegangen war.

Der Haftbefehl beschäftigte ihn lebhafter, als er es wünschte. Hatte er nicht doch zu rasch gehandelt? Aber warum hatte sie geschwiegen? Warum hatte sie sich zu dieser Erklärung erst nötigen lassen? Wenn sie sich frei gefühlt hatte, würde sie gewiß nicht geschwiegen haben. Ebenso bedenklich schien es, daß sie als Mutter nicht wissen sollte, wo ihr Sohn wohnte. Das hatte sie gewiß nur angegeben, damit er nicht entdeckt werden konnte. Wer mochte dieser Sohn aus erster Ehe sein, der heimlich zu ihr ins Haus kam? Er hatte vielleicht eine Vergangenheit, die eine solche Tat selbstverständlich machte. Damit war ihr Schweigen am ehesten erklärlich; sie hatte den eigenen Sohn nicht verraten wollen. Das war die Lösung, und Wisent würde sich nun bald überzeugen müssen, daß mit Ueberlegen und Zögern nichts erreicht zu werden vermochte, daß rasches, entschlossenes Zugreifen eher zum Erfolg führen würde.

Da trat nach kurzem Anpochen seine Zimmervermieterin ein und erklärte auf seinen fragenden Blicke »Herr Doktor, eine junge Dame ist da, die zu Ihnen will. Ich wollte erst fragen, ob ich sie auch hereinführen soll.«

»Natürlich. Es ist zwar spät, aber ...«

Er zog die Schultern hoch und erhob sich. Die Vermieterin ging leise hinaus, und Doktor Henning begann hin und her zu gehen. Wer konnte zu ihm kommen? Eine junge Dame? Sollte jemand noch einen Rat wünschen, oder konnte es ...

»Sabine!«

Er rief ihren Namen, da er an sie in diesem Augenblick dachte.

Sie stand unter der Türe. »Frank!«

Er eilte zu ihr hin und begrüßte sie mit aller Zärtlichkeit eines Verliebten; aber nur Sekunden waren es, dann wurde er stutzig, sah sie aufmerksam an und fragte: »Wie siehst du aus? Deine Augen sind rot und verweint, du blickst mich so verstört an. Was ist geschehen daß du so spät noch kommst?«

»Frank – ich mußte kommen, ich konnte es nicht mehr ertragen.«

»Ich verstehe dich nicht! Setz dich, erhole dich und dann erzahle.«

»Ich – ich bin nicht müde. Ich will nur fragen, ist die Frau, von der du gesprochen hast, verhaftet worden?«

»Ja. Vor kaum einer halben Stunde brachte nur der Kommissar den Bericht. Aber was macht dich so unruhig? Du kennst sie doch nicht.«

»Nein, ich habe sie nie gesehen, ich weiß auch nichts von ihr, aber sie ist unschuldig, Frank, glaube es nur doch, sie ist schuldlos.«

»Wie willst du das wissen? Du redest so sonderbar.«

»Hast du mir nicht gesagt, wer den Opal besitzt, muß auch die Tat begangen haben?«

»Allerdings ...«

»Ich – ich habe den Opal gesehen – die Frau muß unschuldig sein.«

»Du hast den Stein gesehen? – du? – aber wo? Was bedeutet das?

»Mein – mein Onkel hat den Opal – ich sah ihn in seiner Hand – aber ich konnte den Mut nicht finden, dir alles zu gestehen. Ich kann es nicht ertragen, daß eine Schuldlose in den furchtbaren Verdacht geraten soll.«

»Dein Onkel? – Wie ist das möglich?«

»Ich überraschte ihn. – Du hast mir den Opal so genau beschrieben, und ich erkannte ihn in seiner Hand, trotzdem er ihn zu verbergen suchte.«

»Dein Onkel? Hast du dich nicht getäuscht, Sabine?«

»Nein. Zu deutlich sah ich es und auch seinen Schreck. Dann ist er auch in jener Nacht fort gewesen ...

»Setz dich! Du mußt mir alles genau erzählen.«

Als Sabine Buchar ruhiger geworden war, berichtete sie ausführlich, wie sie den Onkel überrascht hatte, wie er sie dann mit einem Kristall zu tauschen versuchte, wie er aber doch verlegen war und sich von dein Tage ab noch mehr absperrte. Sie erzählte, daß Buchar in der Nacht, in der das Verbrechen begangen wurde, erst um ein Uhr zurückkam, und daß ihn von jener Nacht an die gesteigerte, krankhaft erscheinende Furcht noch stärker quälte.

Schließlich erklärte Doktor Henning: »In dieser Nacht darfst du nicht mehr zurück.«

»Wo soll ich aber hin?«

»Ich bringe dich zu meiner Tante, die dich gerne aufnimmt.«

»Aber was wird morgen geschehen?«

»Ich werde in der ersten Morgenstunde die Polizei verständigen.«

»Es liegt so schwer auf mir; er hat mir so viel Gutes getan. – Frank – kannst du mich trotzdem noch lieben, wenn ich auch die Nichte ...

Sie vollendete nicht; sie konnte es auch nicht, denn Doktor Henning verschloß ihren Mund mit seinen Lippen.

»Wie kannst du so fragen? Würde ich dich sonst zu meiner Tante bringen? Deine Schuld ist es doch nicht.«

»Das war meine größte Furcht!«

»Sie war grundlos. Kennst du die Liebe so wenig?«

»Verzeih!«

Ihr Gesicht war wie in Glut getaucht.

*

Die Nacht war dunkler als sonst, denn tief niederhängende Wolken hatten den Himmel vollständig überzogen; kein Stern war zu sehen. Auch der Mond stand hinter dichtem Gewölk. – Düster zeichnete sich die »Zwingburg« mit den Baumkronen gegen den Nachthimmel ab. Kein Fenster war erhellt. Irgendwo schlug eine Uhr. Menschenleer und still war es auf der Straße. Keines Menschen Auge erspähte die Gestalt, die aus dem Dunkel heraus über die Straße huschte und an der Mauer entlang strich.

Wieder war es still; im Wind knarrte irgendwo ein Fenster.

Da tauchte ein Schatten oben auf der Mauer empor und wand sich gewandt zwischen den Spitzen mit den Widerhaken durch. Keine der Doggen, die sonst frei im Garten streiften, schlug an; sie schienen in dieser Nacht im Haus zu sein.

Ein Sprung! Und die dunkle Gestalt verschwand in der Tiefe. Ein feines Ohr konnte nur wenig später ein abgedämpftes, raschelndes Sägen hören, das so klang, als raspelte eine seine, scharfe Feile an Gitterstäben; aber es war unbestimmbar, woher der Ton kam. Das Dunkel blieb undurchdringlich. In kurzen Zwischenräumen folgten Pausen; das Rascheln einer Feile verstärkte sich.

Dann blieb es lange still.

Eine Fensterscheibe brach; es war ein abgedämpfter, erstickter Laut.

In dein einen Zimmer der Burg, in dem das Eindrücken eines Fensters zu hören war, herrschte gleichfalls undurchdringliche Finsternis. Aber gegen das etwas hellere Fenster zeichnete sich eine Gestalt ab. Zwei Fensterflügel wurden geöffnet; dann vergrößerte sich der Schatten, die Umrisse eines Kopfes, breiter Schultern waren zu erkennen. Die Gestalt drückte sich herein. Lautlos blieb alles. Die Schritte des Mannes waren unhörbar. Wohin bewegte er sich? –

Nichts war zu erkennen, da die Gestalt in der Dunkelheit des Raumes völlig verschwand.

Da zuckte das grelle Licht einer Glühbirne auf, daß die Augen davon geblendet wurden.

Und in dem Augenblick war der Raum von Gestalten belebt. Gestalten, die in einem wütenden Ringen ineinander verschlungen waren. Keuchendes Atmen, stummes Kämpfen.

Plötzlich ein gellender, kreischender Schrei wie der Ruf eines wilden Tieres.

Dann verlöschte das Licht wieder, und die Dunkelheit zog ihren undurchdringlichen Schleier über die Vorgänge in diesem Raum.

*

Mit eiligen Schritten betrat Staatsanwalt Doktor Henning in den ersten Morgenstunden das Dienstzimmer der polizeilichen Kriminalabteilung. Die Schutzleute, die noch vom Nachtdienst anwesend waren, erkannten ihn.

»Ist ein Kommissar oder ein Inspektor hier, der eben dienstfrei ist. Es gilt eine besonders eilige Sache.«

Ein Wachtmeister gab Antwort. »Herr Inspektor Wisent ist da; er hat in dieser Nacht schwere Arbeit geleistet und ist eben zurückgekommen.«

Doktor Henning zuckte mit den Schultern.

Dieser Inspektor war ihm nicht erwünscht, da er ihm jetzt schon das Zugeständnis machen mußte, daß er sich in dem Verdachte gegen Frau Hermine Eller geirrt hatte und nun die Verhaftung des wirklich Schuldigen verlangen mußte, der nach den Aussagen von Sabine nur Arnold Buchar sein konnte. Er halte zu Hause bereits den Haftbefehl und den Auftrag zu einer Haussuchung ausgefüllt, um nach dem Opal zu fahnden, den Sabine erkannt hatte.

Da es nicht zu ändern war, ließ sich Doktor Henning in das Dienstzimmer des Inspektors führen.

Nach einer kurzen Begrüßung erklärte Doktor Henning: »Ich muß Ihnen sagen, daß sich der Verdacht gegen Frau Hermine Eller als unbegründet erwiesen hat.«

Der Inspektor lächelte unmerklich, als er erwiderte: »Das ist mir nicht mehr unbekannt.«

»Der Opal hat sich gefunden; richtiger gesagt, ich weiß, wer ihn besitzt.«

Darauf antwortete Inspektor Wisent nicht; er nickte nur und wartete

Jetzt wurde der Staatsanwalt gesprächiger. »Darüber waren wir ja beide einig, daß der Besitzer jenes Opals der Mörder sein mußte. Der wertvolle Stein wurde im Besitze eines Mannes nachgewiesen, der in jener Nacht im Garten der Villa war, und ...«

Inspektor Wisent unterbrach ihn: »Jawohl! Er war es, der durch das offene Fenster den Stein mit dem rätselhaft beschriebenen Papier geworfen hat. Dieser Mann sperrte sich seit jener Nacht noch mehr in seinem selbstgeschaffenen Gefängnis ein.«

»Was – was wissen Sie davon ...

»Sie sprechen doch von Herrn Arnold Buchar?«

»Gewiß! Er hat den Opal, den wir suchen. Zu ihm wollte ich Sie schicken.«

»Bei Herrn Buchar bin ich in der vergangenen Nacht gewesen.«

»Sie waren bei ihm? Und Sie hatten mir darüber nichts mitgeteilt?«

»Ich mußte rasch handeln, wenn ich nicht zu spät kommen wollte. Aber es gelang mir noch.«

Erstaunt fragte Doktor Henning: »Was ist Ihnen gelungen?«

»Ich habe den Mörder Walter Ellers überrascht, überwältigt und festgenommen.«

»Den Mörder? Arnold Buchar?«

»Nein. Er hat mit dem Morde nichts zu tun.«

»Aber Sie sagten doch vorher...«

Mit überlegener Handbewegung schnitt der Inspektor ihm das Wort ab: »Daß er in der Nacht im Garten war und den Stein in das Fenster warf. Gewiß! Deshalb war er ebensowenig der Mörder wie der Sohn von Frau Hermine Eller aus erster Ehe, den sie heimlich eingelassen hat, und der am Verbrechen genau so schuldlos ist.«

»Wer soll es denn gewesen sein? Wen haben Sie verhaftet?«

»Den Rächer Wischnus, der die Augen des Gottes holen wollte.«

Jetzt fuhr der Staatsanwalt ärgerlich empor. »Erzählen Sie mir doch keine Hirngespinste.«

»Es ist aber doch so, Herr Staatsanwalt! Der Mann, der zum Fenster in das Zimmer des Ermordeten eindrang, heißt Tulsi Kakadeva; er war ein Priester im Wischnutempel von Katapolchi und wurde damals bei den großen indischen Aufständen zu fünfzehn Jahren Zuchthaus verurteilt, die er in Surabaja verbrachte; dann reiste er als Gaukler und Fakir mit einer Indertruppe durch ganz Europa und war zuletzt im großen Zentralvarieté hier in der Stadt. Jetzt ist er unschädlich und liegt im Krankenhause. Ob er am Leben bleiben wird, um den Mord zu sühnen, weiß ich nicht.« Damit schwieg der Inspektor.

Der Staatsanwalt war so überrascht, daß er zunächst weder antworten noch fragen konnte; er starrte Wisent an, als könnte er ihn nicht verstehen.

Sekunden verstrichen, bis er sich zu der Frage aufraffte: »Aber der Opal, das Auge Wischnus? Den besaß doch dieser Arnold Buchar! Wie kam er dazu?«

»Er brachte den wertvollen Stein gleichzeitig mit Walter Eller an sich, mit dem er gemeinsam in Indien gewesen war. Das berühmte Bronzebild Wischnus hatte zwei gleiche Augen, von denen eines Walter Eller, das andere Arnold Buchar besaß. Bei dem Versuche, auch an Buchar den Raub an Wischnu zu rächen, diesem das zweite Auge abzunehmen, wurde der einstige Waishnavaspriester überrascht und verhaftet.«

»Aber wie entdeckten Sie das? Das müssen Sie mir genau schildern.«

»Sehr gerne, Herr Staatsanwalt.«

*

Inspektor Wisent erzählte: »Als die Warnung, die nur dem Ermordeten gelten konnte, entziffert war, stand für mich fest: Es mußte noch einen Menschen in der Stadt geben, der die Einzelheiten über die Gewinnung jenes Opals genau kannte, der sogar noch mehr wissen mußte, und zwar daß nun auch für den zweiten Besitzer eine Gefahr drohte. Da aber der Mitteilung nach die Worte hinzugefügt waren ›ich sah ihn und erkannte ihn‹, so konnte das nur ein Mensch sein; das ist Ihnen ja bekannt gewesen, daß ich auf jenem Glasdache der Gartenterrasse Spuren bloßer Füße entdeckt zu haben glaubte. Dadurch regte sich in mir die erste Vermutung, daß der Täter ein Inder gewesen sein müsse, einer der im religiösen Wahn den beleidigten Gott rächen zu müssen glaubte. Aber wie konnte ich den unbekannten Warner ausfindig machen, der nach der Warnung offenbar selbst in Furcht lebte? Da nun der alte irische Diener Chagall von der Aneignung des Opals erzählt hatte, so war ich überzeugt, von diesem mehr über jene Geschichte zu hören; ich suchte ihn auf, ließ mir von jenen Kämpfen in dem Grabtempel berichten und fragte ihn nach den Namen der dabei Beteiligten; auf meine sehr ausführlichen Fragen erfuhr ich dann, daß bei jenen Vorfällen auch das zweite Auge herausgenommen worden war, das der Führer einer anderen Abteilung, die zur Unterstützung herangezogen worden war, erhielt. Den Namen des Besitzers dieses zweiten Auges Wischnus konnte er mir nicht angeben; er hatte ihn in den vielen Jahren vergessen. Pellardi oder Kochardi oder so ähnlich, das war alles, was ich erfahren konnte; er bestätigte mir noch, daß jener Waishnavaspriester, der damals die aufständigen Inder anführte, zu fünfzehn Jahren Zuchthaus verurteilt worden war. Ich wußte damit wohl etwas mehr, aber doch nicht genug. Wie konnte ich den Besitzer dieses zweiten Auges Wischnus finden, der offenbar der Warner gewesen sein mußte und sicher über den Mörder näheres angeben konnte? Daran mußte ich denken, als ich durch einen Zufall am Zentralvarieté vorüberkam und dort unter anderen grellen, bunten Reklameplakaten auch ein sehr auffälliges von einer indischen Gaukler-, Springer- und Fakirgruppe bemerkte. Sofort fiel mir dies auf; der Warner hatte doch gemeldet, ›ich sah ihn und erkannte ihn‹. Vielleicht war er unter diesen Leuten am ehesten zu finden. Meine abenteuerlich scheinende Vermutung konnte auch falsch sein; trotzdem suchte ich sofort den Impresario der Truppe auf und fragte ihn, ohne etwas von meinen Absichten zu verraten, aus, und erfuhr dabei, daß einer der tätigsten unter den Indern ein etwa fünfzigjähriger Fakir sei, ein weißköpfiger, aber sehniger Mann, der von den anderen wie einer von besonderer Abstammung behandelt werde, dieser Alte sei bei der Truppe der Beweglichste, aber nicht immer zuverlässig; so habe er ohne Grund schon bei einer Vorstellung gefehlt, und für diese Nacht habe er sich bereits wieder geweigert, aufzutreten, ohne dafür Ursachen anzugeben. Meine Fragen ergaben, daß jenes erste Fernbleiben in jener Nacht war, in der Walter Eller ermordet worden ist. Nun zweifelte ich nicht mehr, daß ich den Mörder gefunden hatte, und daß dieser für die kommende Nacht eine zweite Tat ausführen wollte, die nach meiner Auffassung nur jenem Warner gelten konnte. Aber wer mochte das sein? Der alte Irländer hatte zu unklare Angaben gemacht. Ich ließ mir daher jenen Inder unauffällig zeigen, der sich Tulsi Kakadeva nannte, und ließ ihn sorgfältig überwachen; ich war entschlossen, ihn für den Tag und die Nacht nicht eine Stunde aus den Augen zu verlieren. Die Verfolgung setzte ich gleich durch, und schon am Nachmittage folgte ich dem Inder, der europäische Kleidung trug und den Eindruck eines alten Herrn machte, nach dem Villenvororte Obing, dort umkreiste der von mir Verfolgte ein Haus, das von einer Mauer umschlossen war, so daß ich bald überzeugt war, daß diesem sein neuer Ueberfall gelten müsse. Ich erkundigte mich und erfuhr in der Umgebung, daß dort ein Sonderling mit dem Namen Buchar wohne; er sei vor Jahren aus Indien gekommen. Der Name Buchar stimmte mit dem von Chagall bezeichneten Namen wenigstens dem Klang nach überein. Am Abend verschaffte ich mir dann Zutritt in das Haus. Von Arnold Buchar erfuhr ich, was ich bereits ahnte, daß nämlich dieser der Warner war, aber sich selbst vor einem gleichen Schicksal fürchtete, daß er das zweite Auge besaß und bei jenen Kämpfen in Katapolchi mitbeteiligt war. Was darauf noch folgte, ist rasch erzählt; ich verbarg mich mit noch zwei zuverlässigen Leuten im Haus; der Erwartete kam und wurde, als er in ein Zimmer eingedrungen war, überwältigt; als er sich verloren gab, brachte er sich selbst eine tödliche Wunde bei und liegt nun im Krankenhaus.«

So endete Inspektor Wisent seinen Bericht.

Der Staatsanwalt fragte nur noch: »Und der geraubte Opal?«

»Er befand sich im Besitz dieses Tulsi Kakadeva. Der Inder leugnete die Tat nicht, er stieß nur neue Verwünschungen aus und bedauerte, daß ihm seine Rache nicht völlig gelang.«

»Damit ist das Geheimnis gelöst?«

»Gewiß!«

»So gibt es für mich nur das eine zu tun, sofort die Freilassung von Frau Eller anzuordnen.«

In Gedanken aber fügte Doktor Henning noch etwas hinzu, was er dem Kriminalinspektor nicht anvertraute. Sabine mußte er sofort aufsuchen, um ihr die Ruhe zu geben, da ihr Onkel an dem Verbrechen schuldlos war.

*

Doktor Henning verkündete im Amtszimmer Frau Hermine selbst ihre Freilassung: »Sie sind frei, gnädige Frau, Sie werden den Irrtum gewiß begreifen und verzeihen, da er nach Lage der Dinge erklärlich war.«

Frau Hermine antwortete ruhig, obgleich die tiefen Schatten unter ihren Augen verrieten, daß sie eine sehr leidvolle und schlaflose Nacht gehabt hatte: »Ich weiß, daß ich selbst Schuld daran trage; ich hätte nicht schweigen dürfen, wenn ich das Vertrauen zu meinem Sohn hatte; aber ich glaube, jetzt darf ich das Geständnis machen, mich erfüllte dies Vertrauen nicht ganz. Dafür, daß ich an meinem Sohne zweifeln konnte, nehme ich diese Nacht als Sühne. Wenn ich nur das Herz meines Kindes wieder gewinnen kann ...«

Als sich Frau Hermine zur Türe wenden wollte, um das Amtszimmer des Staatsanwaltes zu verlassen, wurde diese von außen geöffnet, und auf der Schwelle stand Alex Martini, dem Irma Eller folgte.

»Alex!«

»Mutter!«

Und sie hielten sich fest umschlungen.

Alex flüsterte: »Mutter verzeih! Um dich zu retten, um dich von allem Verdacht zu befreien, kam ich. Durch Irma geholt, die mir erst die Augen öffnete, was Mutter heißt.«

»Ich bin frei! – Und du, Irma, du hast ihn geholt?«

»Ja. Meinen Retter.«

»Irma! Wie dankbar bin ich, da ich nach dieser Prüfung zwei Kinder in meine Arme schließen kann. Komm!« –

Und beide hielt sie fest, während Staatsanwalt Doktor Henning an das Fenster getreten war und den Glücklichen, die sich hier zu einem neu aufblühenden Leben gefunden hatten, den Rücken zuwandte.

Er dachte daran, daß gleiche Liebe und Zärtlichkeit auch auf ihn wartete.

*

Tulsi Kakadeva starb drei Tage später; damit hatte der Tod an Walter Eller Sühne gefunden.

Nach dieser Nachricht überwand auch Arnold Buchar seine krankhafte Furcht, trotzdem er der gleiche Sonderling blieb, der auch jetzt nicht zu bestimmen war, sein Haus zu verlassen. Er behielt seine Sonderlichkeiten und lebte den Erinnerungen aus seiner indischen Zeit. Seiner Nichte verzieh er, daß sie an ihm gezweifelt hatte, da ja seine scheue Zurückhaltung und krankhafte Furcht selbst dazu Anlaß gegeben hatten; daß er gerne verziehen hatte, bewies er, als im kommenden Frühjahr die Trauung zwischen Doktor Henning und Sabine Buchar stattfand; ein fast fürstliches Hochzeitsgeschenk gab er ihnen, so daß die beiden sich ganz nach Wunsch einrichten konnten. Arnold Buchar blieb in seinem Hause, aber er machte doch öfters Spaziergänge, die ihn dann immer zu der anderen, in der Nähe gelegenen kleinen Villa des jungen Paares führten.

Alex Martini vollendete, nunmehr reich unterstützt, seine musikalischen Studien und gewann bald als Kapellmeister eine Stellung, die ihm Glück und neue Lebensfreude gab. Er verlobte sich dann mit Irma.

Frau Hermine besaß damit zwei Kinder, die durch das innigste Band, durch die Liebe, miteinander verbunden waren.

Wenn sich Frau Doktor Henning und Frau Musikdirektor Martini bei gesellschaftlichen Veranstaltungen begegneten, dann erstaunten viele, daß beide gleichen Schmuck trugen, einen seltenen, prächtigen Opal, der den Trägerinnen als Sinnbild dauernden Glückes galt.

Über tredition

Eigenes Buch veröffentlichen

tredition wurde 2006 in Hamburg gegründet und hat seither mehrere tausend Buchtitel veröffentlicht. Autoren veröffentlichen in wenigen leichten Schritten gedruckte Bücher, e-Books und audio-Books. tredition hat das Ziel, die beste und fairste Veröffentlichungsmöglichkeit für Autoren zu bieten.

tredition wurde mit der Erkenntnis gegründet, dass nur etwa jedes 200. bei Verlagen eingereichte Manuskript veröffentlicht wird. Dabei hat jedes Buch seinen Markt, also seine Leser. tredition sorgt dafür, dass für jedes Buch die Leserschaft auch erreicht wird.

Im einzigartigen Literatur-Netzwerk von tredition bieten zahlreiche Literatur-Partner (das sind Lektoren, Übersetzer, Hörbuchsprecher und Illustratoren) ihre Dienstleistung an, um Manuskripte zu verbessern oder die Vielfalt zu erhöhen. Autoren vereinbaren direkt mit den Literatur-Partnern die Konditionen ihrer Zusammenarbeit und partizipieren gemeinsam am Erfolg des Buches.

Das gesamte Verlagsprogramm von tredition ist bei allen stationären Buchhandlungen und Online-Buchhändlern wie z. B. Amazon erhältlich. e-Books stehen bei den führenden Online-Portalen (z. B. iBookstore von Apple oder Kindle von Amazon) zum Verkauf.

Einfach leicht ein Buch veröffentlichen: **www.tredition.de**

Eigene Buchreihe oder eigenen Verlag gründen

Seit 2009 bietet tredition sein Verlagskonzept auch als sogenanntes "White-Label" an. Das bedeutet, dass andere Unternehmen, Institutionen und Personen risikofrei und unkompliziert selbst zum Herausgeber von Büchern und Buchreihen unter eigener Marke werden können. tredition übernimmt dabei das komplette Herstellungs- und Distributionsrisiko.

Zahlreiche Zeitschriften-, Zeitungs- und Buchverlage, Universitäten, Forschungseinrichtungen u.v.m. nutzen diese Dienstleistung von tredition, um unter eigener Marke ohne Risiko Bücher zu verlegen.

Alle Informationen im Internet: **www.tredition.de/fuer-verlage**

tredition wurde mit mehreren Innovationspreisen ausgezeichnet, u. a. mit dem Webfuture Award und dem Innovationspreis der Buch Digitale.

tredition ist Mitglied im Börsenverein des Deutschen Buchhandels.

Dieses Werk elektronisch lesen

Dieses Werk ist Teil der Gutenberg-DE Edition DVD. Diese enthält das komplette Archiv des Projekt Gutenberg-DE. Die DVD ist im Internet erhältlich auf **http://gutenbergshop.abc.de**

Zeitfracht Medien GmbH
Ferdinand-Jühlke-Straße 7
99095 Erfurt, Deutschland
produktsicherheit@kolibri360.de